KB081246

오십부터는
우아하게 살아야 한다

말투, 태도, 마음에서 드러나는 진정한 아름다움

오십부터는 우아하게 살아야 한다

요시모토 유미 지음 · 김한나 옮김

유노북스

○ 프롤로그

이제는 우아하게 살자 _

나이 듦에 더 이상 좋은 감정을 품을 수 없게 된 건 언제부터일까?

더 이상 젊지 않다며 새로운 일을 시작하지 않게 된 건 어떤 계기 때문이었을까?

신선한 기쁨보다 일상생활, 현재보다 미래, 나보다 가족과 회사, 타인을 우선시하게 된 건 언제부터일까?

정신 차려 보니 인생의 반이 지나갔다.

오십이 되었을 때 지난 이십 년을 돌아봤다. 좋은 일도, 나쁜 일도 있었다. 롤러코스터를 탄 것처럼 여러 가지 일이 있었다. 처음으로 장편소설을 쓴 서른의 내가 당장이라도 손닿을 수 있는 곳에 있는 듯했다. 앞으로 다가올 이십 년을 생각했다.

육십의 나는 상상할 수 있다. 그때까지는 활기차게 해 나갈 수 있다. 그러나 일흔이 된 나는 머릿속에 그릴 수 없었다. 앞으로 십 년 동안 하고 싶은 일, 해 본 적 없는 일에 도전하기로 했다.

이제 곧 그 십 년째를 맞는다. '눈 깜짝할 사이'라는 말이 진부하게 들릴 정도로 시간이 순식간에 지나갔다. 눈 깜짝할 사이 지나가는 시간이 앞으로도 이어질 것이다.

인생은 생각보다 짧다. 하지만 그렇기 때문에 인생은 재미있다.

'떠나는 새는 뒤를 어지럽히지 않는다.'

'종활(終活, '끝내는 활동'이라는 뜻으로, 일본 노인들이 인생을 잘 마무리하기 위해 죽음을 준비하는 활동을 이르는 말)'이라고 하면, 우울해지는 사람이 많을 테다. 나도 그랬다. 나이가 들고 앞일을 생각해 남은 가족에게 폐를 끼치지 않도록 준비해야 한다.

태어나는 때는 알 수 있어도 언제, 어떻게 세상을 떠날지는 알 수 없다. 인생이란 그런 거라고 알고 있어도 좀처럼 실감할 수 없다. 똑바로 바라보는 걸 애써 피하는 동안에도 시간은 흘러간다. 소중한 순간들이 흘러가 버린다.

멈춰 서서 인생을 생각한 적이 몇 번이나 있지 않았나? 그때마다 최선의 선택을 모색하며 앞으로 나아갔을 것이다. 지나간 인생에 절정기가 있었다고 생각할지 모른다. 그러나 절정은 다가올 인생에 있다.

진심을 선택하는 나이, 정말 하고 싶은 일과 정말 이루고 싶은 목표를 선택한다. 자신을 소중히 하고 즐기며, 세상도 즐길 줄 아는 나이, 이제 나에게 주어진 소중한 육체로 인생을 마음껏 즐길 나이대에 접어드는 것이다.

나는 돈을 들이지 않아도, 특별한 무언가가 없어도 그런 생활을 얻을 수 있다고 생각한다.

우리는 사회에서 살아가기 위해 규칙을 지킨다. 상처받지 않기 위해, 폐를 끼치지 않기 위해 온갖 틀과 생각을 만들어 왔다. 인생의 어느 시기에는 필요했을지도 모를 것들이다. 그러나 나를 즐기고, 앞으로의 인생을 즐기려면 필요 없는 것도 있지 않을까? 제멋대로 하라는 게 아니다. 확실히 즐기는가, 날개를 크게 펼치는 감각을 느껴 보았느냐가 중요하다.

이제부터가 인생의 절정기다. 좋아하는 일로 즐길 수 있는 내가 되자. 떠나는 새는 뒤를 어지럽히지 않는다고 했듯이, 후회는 남기지 말고 기쁨만 남기자.

인생에 '우아'라는 새로운 색을 더하며 나의 이야기를 완성해 가자. 버려서 비로소 얻을 수 있고, 받아들여서 비로소 여유로울 수 있다. 변하는 것, 변화시키는 것에 신경 쓰면 세상이 달리 보일 것이다.

눈 깜짝할 사이에 지나가는 순간의 시간을 즐기고 음미하며 나와 함께 앞으로 나아가자. 단순하게, 자유롭게, 유연하게. 무엇보다 우아하게.

요시모토 유미

목차

·1·
단순하게, 자유롭게, 유연하게 살아야 한다

· 2 ·

나의 시간을 즐기며 살아야 한다

· 3 ·

'지금, 이때'를 후회 없이 살아야 한다

· 4 ·

인생 후반을 편안하게 살아야 한다

1

단순하게, 자유롭게, 유연하게 살아야 한다

추억의 물건을 버릴 줄도 알아야 한다

지난여름, 집중호우로 반지하의 차고와 욕실과 세면실이 침수됐다. 무릎 아래까지 물에 잠겼다. 차고에 산더미처럼 쌓여 있던 짐들이 물 위에 둥둥 떠다녔다. 모든 게 쓰레기가 되고 말았다.

남편이 수리를 맡길 수도 있다며 컴퓨터와 프린터를 버리지 않고 종이상자에 처박아 놓았는데, 상자가 물을 빨아들여 흐물흐물해졌다.

옷상자도 두 개 있었는데, 돌아가신 엄마가 배운 샹송 악보와 가곡집, 딸이 초등학교 때 그린 그림이 들어 있었다. 추억과 함께 소중히 아낀 물건들이 흙탕물로 뒤덮인 잔해가 되고 말았다.

차고에 놓은 짐을 정리해야겠다고 생각한 지 몇 년이나 지났다. 집안에 보관할 수 없는 물건을 차고에 계속 넣어, 집안은 조금 말끔해졌지만 차고는 불필요한 물건 보관소가 되었다.

무릎 높이까지 물에 잠겨 쓰레기가 된 물건을 봉투에 넣으며, 추억이라는 이름으로 물건을 얼마나 모아놨는지 뼈저리게 느꼈다. 또한 칠십 리터짜리 쓰레기봉투 이십여 개의 물건이 없어져도 전혀 곤란하지 않다는 사실을 깨달았다. 필요해서 부득이하게 구입한 물건은 제습기뿐이었다.

필요한가, 필요하지 않은가? 정리할 때 판단 기준은 이게 전부다. 그렇지만 추억이 가득 담긴 물건, 사진, 선물은 좀처럼 버릴 수 없다. 아이나 부모의 추억 어린 물건도 그리움과 사랑스러움이 솟아나 버릴 결심을 무디게 한다.

엄마의 샹송 악보에는 수많은 글씨가 쓰여 있었다. 돌아가신 엄마의 그리운 글씨가…. 엄마가 한동안 좋아하는 일에 몰두해 생기 넘치게 살았던 증거처럼 느껴져 계속 처분하지 못했었다. 하지만 순식간에 쓰레기가 되고 말았다.

우리는 형태가 있는 물건을 소중히 하고 또 남기려고 한다. 그러나 계속 보관했다고 해도 결국은 누군가가 처분해야 한다. 내가 엄마의 추억 어린 물건을 소중히 보관했다고 해도, 내가 죽은 후에는? 그때 누군가가 마음을 담아 정리해 줄까?

아무리 추억 어린 물건이라도, 쓸데없이 오래 보관하면 남은 가족을 번거롭게 할 뿐이다. 다만, 추억 어린 물건은 마음을 담아 처분하는 게 좋다.

생각지도 못한 침수로 엄마와 딸의 추억 어린 물건을 처분한 경험은, 집착을 버리고 다시 한 번 정말 필요한 물건을 남기는 결심의 어려움과 소중함을 알려 주었다.

집착을 떨쳐내는 법

이제까지 살아온 길에는 여러 경험과 추억이 새겨져 있다. 더불어 집안에는 자질구레한 물건이 남아 있다. 사진, 편지, 선물, 기념품, 작품…. 가치를 따질 수 없을 만큼 소중하게 여겼던 물건들. 지금의 내게도 소중할까?

예를 들어, 옛 연인에게 받은 선물, 편지, 사진이 있다. 내게 좋은 연애 경험으로 남아 있다면 간직하고 싶을지도 모른다. 힘든 사랑이었더라도 버리지 못하고 남겨 두었을 수도 있다. 지금의 내게 가치 있는 물건들일까?

나는 전부 놓았다. 놓았다는 표현이 아름답게 들릴지도 모르겠지만, 삼십 대 무렵에 싹 다 버렸다. 그중에는 몇 번이고 펼쳐 읽은 탓에, 편지지의 접힌 자국이 당장이라도 찢어질 것 같은 편지도 있었다. 그렇지만 모두 버렸다.

형태 있는 물건을 버려도, 멋지고 아름다운 편지를 받았다는 사실은 사라지지 않는다. 그것으로 족하다. 충분히 인생의 영양분이 되었다. 그 사실이 앞으로의 내 시간에 필요한지 생각해 보면, 필요하지 않다.

나만의 소중한 이야기가 담긴 편지 등을 남이 읽는 것도 기분 나쁘다. 누구와도 공유하고 싶지 않은 물건은 마음에 새겨 무덤까지 가져가자.

긴 인생을 사는 동안에는, 추억 어린 물건뿐만 아니라 혼자만의 기억으로 남기고 싶은 물건들이 있다. 좀 더 시간이 흐른 후 인생을 돌아봤을 때 다시 생각할 수 있다. 그때 여유로운 마음으로 생각해 낼 수 있다면, 미련 없이 집착을 떨쳐냈기 때문일 것이다.

옛 물건을 모두 버리는 건 아니다. 곁에 두고 싶은 물건은 추억 상자에 담는다. 처분할 물건을 찍은 사진을 넣는 방법도 좋을 수 있다. 추억 상자에 들어가는 만큼의 물건만 넣는 게 중요하다. 추억 상자가 여러 개 되면 또 짐이 되고 만다는 걸 주의하자.

내게도 버릴 수 없는 물건이 잔뜩 있다. 딸에게 물려 줄 물건 상자에는, 딸이 어렸을 때 입었던 원피스와 멋진 코트가 몇 벌이나 들어 있다. "내 딸에게 딸이 태어난다면…" 하고 태평하게 불확실한 미래를 상상하기도 하지만, 사랑받고 자랐다는 추억으로 받아들였으면 하는 마음에 보관했을 뿐이다. 엄마로서의 집착일지 모르지만, 지금은 그런 나를 용서하고 있다.

추억 어린 물건이 현재 나의 밑거름이 되고 있는가? 정말로 가치 있는 소중한 물건은 무엇인가? 추억이라는 틀에 얽매여 있지는 않은가? 내가 죽은 후에 남겨질 추억의 물건들이 갈 곳을 생각해야, 비로소 인생 후반이 시작된다.

의무로 느껴지는 일은 하지 않는 용기

백화점 지하 식료품 매장에서 대대로 내려오는 요릿집의 반찬을 샀다. 계산을 기다리며 유리진열장을 바라보는데, 문득 생각이 들었다.

'좀 더 나이가 들면 날마다 사도 좋겠다.'

백 그램에 사백 엔에서 육백 엔 정도이고, 간도 세지 않아 나이 든 사람에게 딱 좋다. 많이 먹지 않으니 기껏해야 두 종류, 거기에 밥과 된장국. 대대로 내려오는 요릿집의 반찬을 날마다 먹는다고 하면 사치스럽게 느껴질 수 있겠지만, 재료를 사서 하는 요리와 그다지 차이가 없을 듯하다.

먹는 걸 좋아하고 요리를 좋아해서, 긴 인생 중 한 끼에 불과할지라도 정성스럽게 먹고 싶다고 생각해 왔다. 스물여섯에 자취를 시작했을 때, 전기레인지 하나뿐인 작은 주방에서 나만을 위해 한 시간을 들여 요리하고 십오 분만에 먹어 버리는 나날을 보냈다.

결혼하고 딸이 태어나니, 맛있고 영양이 듬뿍 든 음식을 만들어 먹이는 게 큰일이 되었다. 사십 대는 폭풍처럼 지나갔다. 도시락을 만들어 유치원에 보내곤, 오후 두 시에 데리러 갔다. 집에 돌아와선, 간식을 먹이고 학원에 데려 갔다. 다시 집에 돌아와선, 서둘러 저녁 식사를 만들었다. 돌이켜 보면, 엄마이자 직장인으로서의 나는 존재했지만, '나'는 존재했나 싶다. 나를 위해서 뭔가 한 적이 있었나 싶다.

나에 대한 일로 생각나는 건 없다시피 하지만, 후회하진 않는다. 오히려 끝까지 잘 해냈다는 느낌마저 든다. 하지만 지금 그때와 똑같은 일을 하라고 하면 단호히 거절하겠다. 앞으로는 끝까지 해냈다는 성취감을 다른 곳에서 찾고 싶다.

가족이 있거나 혼자 살았다고 해도, 생활하는 데 청소, 빨래, 요리 등 집안일은 빠뜨릴 수 없다. 깨끗해야 성이 찬다거나 집안일을 매우 좋아한다면 몰라도, 해가 갈수록 청소, 빨래, 요리가 부담스러워지지 않을까? '아, 또 밥할 시간이야', '청소기 돌려야 하는데'…. 일을 도중에 끝내고 저녁 식사를 준비한다. 밖에서 좀 더 느긋하게 보내고 싶어도 장을 봐서 집에 돌아간다.

최근에는 '~해야 해'가 조금 부담스러워졌다.

집안일을 편하게 하는 의미에서 물건 처분을 추천한다. 정돈하고 걸레로 닦거나 청소기를 돌리기 쉬운 공간을 만든다. 물건 줄이기는 점점 귀찮아지는 집안일을 쉽게 만드는 효과도 있다. 그래도 집안일, 회사일, 교제, 강습이 '의무'처럼 느껴진다면, 이제 슬슬 한 번 멈춰도 되지 않을까?

형식보다 중요한 건 마음

집안일이라고 하면, 일단 요리다. 혼자라면 몰라도, 가족이 있다. 나도 일이 있다. 요리가 기분을 바꿔 준다면 좋지만, 하고 싶지 않을 때가 있다.

최근 들어서 힘이 나지 않는다. 음식에 흥미와 의욕도 있어 최대한 집에서 건강한 식사를 만들어 온 만큼, 힘을 내지 못하게 된 데에 조금 죄책감이 들었다.

물론 내가 멋대로 느끼는 죄책감이고, 나 스스로 만든 틀이 빡

빡해졌을 뿐이다. 음식을 만들고 싶지 않으면 밖에서 사 먹자, 만들고 싶으면 만들자. 그렇게 내게 허락했더니 편해졌다.

요리하고 싶을 때는 반찬을 여러 종류 만든다. 그것도 의무로 삼지 않는다, 하고 싶은 기분이 들 때만 하는 것이다.

의무로 느끼지 않아도 된다고 나를 허락하는 것부터 시작했다. 청소도 최대한 편하고자 했다. 대청소할 때면 환기팬이나 주방, 화장실 등은 전문가에게 맡긴다. 시간과 체력을 돈으로 사는 것이다. 집안일도 즐기는 게 중요하다.

설 음식도 즐길 수 있는 범위 내에서 만든다. 절대 무리하지 않는다, 무리할 수도 없다. 먹고 싶은 걸 먹고 싶은 만큼 만든다. 나머지는 백화점에서 맛있어 보이는 음식을 사는 정도다.

설 준비도 의무로 느껴지면 피곤할 뿐이다. 설 전통과 문화도 지키고 싶고 다음 세대에 전하고 싶은 마음도 있으니, 지금의 내가 할 수 있는 만큼만 한다. 그러면 충분하지 않을까?

연하장도 쓰지 않게 되었다. '아, 연하장을 써야 해'라고 생각하며 즐기지 못하고 의무적으로 하고 있는 걸 깨달은 뒤로 완전히 무례를 저지르고 있다. 기껏해야 받은 연하장에 답장을 쓰는 정도다. 마음과 시간에 여유가 없는 생활을 보내는 증거일지 모른다. 연하장에 관해서는 즐길 수 있을 때를 기다리기로 했다.

생활 속에서, 라이프 스타일 속에서, 진심으로 바라서 하는 일이 얼마나 될까? 최근에는 허례허식을 폐지하는 기업이 늘어난다고 한다.

나는 습관으로 들인 백중맞이 선물, 연말감사 선물도 다시 생각해 보기로 했다. 큰 신세를 진 사람에게 진심으로 인사하고 싶을 때 선물을 보내기로 했다. 계절 인사를 보냈던 때보다, 일 년 내내 더 많은 분들께 감사 선물을 보내게 되었다. 의례가 아닌 진심으로 전하는 감사 인사다. 그만큼 많은 도움을 받았다는 뜻이므로 고마운 일이다.

계절 인사가 의무·관례처럼 느껴진다면 그만두는 것도 한 번 생각해 볼 일이다. 앞으로 더욱 중요해지는 건 '형식'이 아니라 '마음'이다. 정말로 마음을 담을 수 있는 방법을 선택한다.

시간과 노력, 그리고 돈은 필요할 때 필요한 만큼 사용한다는 중심을 세우고 지킨다. 우리의 시간에는 한계가 있으니 지금까지 가족을 위해, 회사를 위해, 주위 사람들을 위해 바쳤던 마음을 스스로에게 쏟아도 좋을 것이다.

지적으로 먹는 게 관건이다

'먹는 건 필요하지만, 지적으로 먹는 게 관건이다.'

《잠언과 성찰》을 집필한 17세기 프랑스 귀족 프랑수아 드 라로슈푸코의 말이다. 참으로 심오하지 않은가? '지적으로 먹는다'란 어떤 뜻일까? '식사'와 마주해 보면 새로운 발견이 있을 듯하다. 또 잘 생각해서 먹는 건 건강을 유지하기 위해서일 뿐만 아니라 생활을 정비하기 위해서도 중요하다.

무엇을 위한 식사인가? 배를 채우기만 하면 된다는 게 아니다. 맛있는 음식을 먹고 싶은 만큼 먹기만 하면 된다는 것도 아니다.

최근에 입맛이 있다 없다 해서, 무엇을 먹고 싶은지 생각할 때 몸이 요구하는 걸 듣게 되었다. 당연한 반응이지만, 젊었을 때는 별다른 생각 없이 먹었다고 자숙하는 마음을 담아 생각한다.

먹는 것에 의욕적이든 아니든 '즐기며 먹는다', '먹는 걸 즐긴다'는 건 우리의 마음과 생명에 활기를 준다. 내일 먹을 수 없게 될 수도 있다. 언제 어느 때 무슨 일이 일어날지 모른다. 그것이 '살아 있다'는 것이다.

그러므로 몸이 좋아하고 생명에 활기를 주는 걸 즐겨 먹는다. 몸, 욕망과 타협하며 앞으로의 식생활을 생각한다. 이것이 '지적으로 먹는 것'으로 이어지지 않을까?

케이시 식사법을 추천합니다

수많은 건강법과 식사법이 있다. 비건(육식을 모두 거부하는 완전 채식주의자), 페스코테리언(유제품, 가금류의 알, 어류는 먹는 채식주의자)…, 건강하기 위해서라기보다 환경보호, 동물애호라는 이유에서 이런 스타일을 선택하는 사람도 많은 모양이다.

이십여 년 전, 요가 단식원에서 나흘 동안 반단식을 했다. 아침은 먹지 않고 점심은 가볍게 현미밥 반 공기와 건더기 없는 된장국, 저녁도 똑같이 먹었다. 흰 것(백미, 빵, 가락국수, 백설탕, 두부 등)을 먹으면 안 된다. 생선도 날것이나 말린 건 먹으면 안 된다. 고기도 안 된다. 채소도 잎채소는 몸을 차갑게 해서 근채류를 먹는다.

디톡스를 하고 싶어서 단식원에 갔는데, 강의를 듣는 동안 절망감으로 가득 찼다. 맛있는 걸 더 이상 먹을 수 없겠구나…. 이 식사법은 나에게 무리라고 느꼈다. 기쁨이나 즐거움이 없었다. '하면 안 된다'라는 말이 너무 강렬했을지 모른다.

그럼에도 식재료의 특징을 알고 몸에 맞는지, 건강을 해치지는 않는지 정확히 파악하는 건 중요하다. 음식 궁합, 먹는 타이밍에도 주의해야 할 포인트가 있다. 몸과 대화한다. 나를 소중히 하며 소통한다.

나는 수많은 식사법 중에서 홀리스틱 의학(신체와 정신을 종합적으로 치유하는 의학)의 아버지라고 불리는 에드거 케이시의 식사법을 도입했다. 케이시 요법의 기본적인 주장은 피를 맑게 하는 것이다. 대부분의 병은 나쁜 피가 원인이라고 한다. 피의 상태가 나빠지면 독소가 배출되지 못하고 정체되는데, 몸 상태를 악화시키는 주원인이다.

케이시 식사법의 중심을 이루는 건 양상추, 샐러리, 물냉이 등의 잎채소이다. 인삼을 날것으로 먹는 것도 추천한다. 젤라틴과 함께 채소를 먹으면 흡수율이 높아진다고 한다.

나는 샐러드에 젤라틴 가루를 뿌리거나 삶은 채소를 육수나 콩소메 젤리로 굳혀서 테린처럼 만들어 먹곤 한다.

돼지고기와 튀김은 금지다. 돼지고기 지방은 용해점이 높아서 소화되지 않은 상태로 장까지 이동하기 때문에 독소를 흡수하기 쉽다. 닭고기, 양고기는 정도껏 먹도록 한다.

신선한 사과도 피해야 하는 음식 중 하나다. 영양학적으로, 사과는 비타민과 폴리페놀을 포함해서 몸에 좋다고 평가한다.

그러나 케이시는 다음과 같이 말했다.

'사과는 체내에 괴로움을 주는 산을 만들어 낸다. 사과의 특성에 따라, 지나친 부담을 강요당하는 비장에서의 분비물로 십이지장이 역류 작용을 일으킨다.'

케이시 식사법은 섭취한 음식이 체내에서 어떤 반응을 일으키는지도 중시한다. 신선한 사과는 피해야 하지만, 구운 사과 등으로 익히면 괜찮다.

몸에 좋으니까 먹는다고 하지만 왜 좋은지, 체질에 맞는지, 어떻게 하면 맛있어지는지 생각한다. 생명을 유지하는 몸을 창조하는 것이다.

'지적으로 먹는 게 관건이다' — 이 말의 진수에 조금이라도 다가가도록 인생 후반의 먹는 방법을 바꿔보면 어떨까?

사는 장소와 사는 방식을 바꿔보자

'거처 옮기기'는 꽤 큰 결심이 필요하다. 옷을 갈아입는 정도의 가벼운 마음으로 할 수 있으면 좋겠지만, 내 경우에는 현 거주지에서 삼십 년째 살고 있어 좀처럼 발이 떨어지지 않는다. 그렇지만 앞으로의 나에게 어떤 주거 환경이 편안할까 생각하면 검토할 여지는 확실히 있다.

지금 살고 있는 집은 반지하가 있는 이 층 주택이다. 반지하에서 이 층까지 올라가려면 계단을 두 번 거쳐야 한다. 앞으로 이 계단 문제가 심각해질까, 아니면 운동의 일환으로 생각할 수 있을까? 큰 걸림돌이다.

또 단독주택은 유지 관리 및 보수가 필요하다. 귀찮아하느냐 마느냐. 아파트처럼 열쇠 하나로 드나들 수 있는 단조로운 주거 환경이 좋지 않을까?

심플하게 살려면 도전 정신이 필요한 것 같다.

경제적인 문제도 있다. 임대해서 산다고 하면 이사는 쉽다. 그렇지만 은행의 부동산 담당과 얘기하니 내 집, 그것도 단독주택일 경우 이사가 매우 귀찮다는 걸 알게 되었다. 부동산 가격이 내려가기도 했지만, 집을 팔 시기와 살 시기를 잘 맞추려면 기술과 운이 필요하다. 살기 어려워지면 집을 팔고 아파트에 살면 된다고 쉽게 생각했던 나는 세상물정을 정말로 모른다. 물론 윤택한 자금이 있으면 이야기는 간단하겠지만.

최근에는 나무가 많은 장소를 찾아 시외에 집을 사기보다, 조금 좁더라도 도시라고 부를 수 있는 편리한 곳의 아파트를 찾는 시니어들이 늘고 있다고 한다. 지하철역과 가깝고 교통편이 좋은 장소, 병원에도 가기 쉽고 활동하기 좋은 지역 말이다. 좋은 편의성은 몸의 부담을 줄인다.

육십 대 중반을 넘은 두 친구가 도쿄의 아파트를 팔고 가루이자와로 생활 거점을 옮겼다. 한 친구는 혼자 살지만 지역 사람들과 공동체를 만들어 생활하고 있다.

다른 한 친구는 자식이 자립하고 부부 둘이 살게 되어 강아지 두 마리와 자연환경이 풍부한 곳에서 느긋하게 생활하고 있다. 도쿄까지 신칸센으로 한 시간 조금 더 걸린다. 도쿄에 살지 않아도 일을 할 수 있어 꿈꿨던 시골 생활을 결심했다고 한다.

어떤 친구는 도쿄에 거점을 두고 바다 근처에 집을 샀다. 주말에는 바다에서 수영하고 스탠드업 패들보드(sup)를 시작해 체력이 점점 붙었다고 한다.

또 다른 친구는 호수 근처에 집을 사 영국식 정원을 만들어 취미 생활을 시작했다고 한다. 꽃이 만발하는 오월부터 여름이 끝날 때까지 주말에는 정원을 공개해 이웃사람들과 함께 즐긴다고.

편안하고 여유로운 인생 후반

사는 방식을 바꾼 친구들의 이야기를 듣고 앤 모로 린드버그의 《바다의 선물》이 생각났다. 사십 대 후반에 혼자 해변의 집에 머물며 아내, 엄마, 직장인으로서가 아니라 한 명의 여성으로서 인생을 바라본 수기. 인생 후반의 시작에 장소를 바꿔 자신의 삶을 깊이 파고들어 마음의 자유를 얻는 나날을 보여 준 작품이다.

일, 남편, 자녀에 관한 잡일에 쫓기면 '나'는 점점 뒤로 미루게 된다. 정말로 바라는 것에 손이 닿지 않은 채, 결국 정말로 바라는 게 무엇인지 알 수 없게 된다.

정신을 차려 보니 인생의 반환점이 꺾이려고 한다. 그대로 인생 후반을 계속 걸어가 모르는 걸 깨달았을 때는 상당히 멀리까지 오고 말았다고 당황하는 일이 없도록 하자.

때로는 앤처럼 혼자가 되는 시간을 갖거나 혼자가 될 수 있는 공간을 갖는 게 중요하다.

앤은 《바다의 선물》을 통해 복잡한 현대 사회에서 역할이 아니라 한 인간으로 살아가는 것의 의의를 말한 게 아닐까? 바닷가의 집이 그녀에게 알려 주었다.

사는 장소, 사는 방식을 바꾸는 건 다음에 어떤 라이프 스타일을 선택하느냐를 뜻하기도 한다. 사는 장소를 바꾸는 게 어렵다면, 사는 방식을 바꿔보는 건 어떨까. 앤처럼 때때로 다른 장소에서 지내 보는 것도 멋지다.

어떤 친구는 고원에 작은 집을 빌려 시간이 허락하는 한 숲속에서 지내고 있다. 도쿄처럼 집세가 비싼 건 아니라서 가능하다고 한다. 최근에는 베케이션 렌탈(vacation rental)이라고 해서 주 단위로 방이나 집을 빌릴 수 있는 서비스도 있다. 건강할 때는 그런 서비스를 이용해도 좋겠다.

'최후의 안식처'라는 말이 있다. 어느 곳에서 어떤 집에 살게 되든, 중요한 건 내가 있는 장소를 낙원으로 삼는 것이다.

쓰기에 불편한 부분이 있으면 리폼한다. 물건을 정리해 심플한 공간을 만든다. 마음이 편안해지고 긴장이 풀리며 활력이 솟아나도록 말이다. 사는 방식을 바꾸는 사소한 방법이다.

집안에 파워 스팟(Power Spot)을 만드는 것도 추천한다. 브릭 장난감 박물관의 기타하라 데루히사(北原照久) 씨는 사지마에 있는 자택 정원 한 부분이 파워 스팟이라고 했다. 파워 스팟을 결정하는 것만으로도 집에서의 생활이 더욱 호화로워진다. 물론 많은 사람이 모이는 자택 자체가 파워 스팟인 건 두말 할 필요도 없다.

육십이 지나고 딸도 독립하고 나니 일 년 중 파리에 한 달, 하와이에 한 달… 영감을 주는 여러 도시의 에너지를 느끼며 지내고 싶다고, 꿈꾸는 기분으로 생각하고 있다. 앤 모로 린드버그처럼!

옷을 갈아입듯 사는 장소를 바꾸는 건 꽤 어려운 일이지만, 사는 방식을 바꾸는 건 아이디어를 짜내기에 달렸다. 인생 후반을 향해, 어떻게 되고 싶고 무엇이 가장 기분 좋은지를 기본으로 삼아 신중하게 생각해 보자.

지금 나와 가장 잘 어울리는 옷을 고른다

요즘에는 옷장 정리에 여념이 없다. 처분해야 할 물건은, 정확히 말하자면 어울리지 않게 된 옷이다. 좋아하는 옷, 싫어하는 옷, 새 옷, 헌 옷이 아니라 지금의 내게 어울리는지가 판단의 기준이다.

젊었을 때와 똑같은 체형을 유지하기란 좀처럼 쉽지 않다. 물론 의식이 높아 미용과 건강에 신경 쓰면 가능할지도 모른다. 그렇지만 몸무게와 사이즈뿐만 아니라 '무언가'가 달라지기 마련이다.

나이는 물론 라이프 스타일이 변하면 입는 옷도 달라진다. 선호하는 색과 어울리는 색도 달라진다. 한탄해 봐도 소용없다. 현재 살아 있는 내가 멋지게 보이는 옷, 내게 편한 옷을 입는다. 그렇다고 결코 패션에 소극적이 되는 건 아니다.

'결점은 매력 중 하나인데 숨기려고만 한다. 결점을 잘 다루면 된다. 이것만 성공하면 뭐든지 할 수 있다.'

코코 샤넬의 말이다. 풍만한 체형을 선호한 시대에 샤넬은, 마른 체형을 돋보이게 하는 옷을 입고 머리카락을 잘라 당시의 '아름다운 여성'과는 정반대되는 스타일을 제안했다. 동경심을 불러일으켜 여성들은 몸을 조이는 코르셋에서 해방되었다.

키가 작다, 뚱뚱하다 등의 결점을 보완하고자 기장이 긴 옷을 고르거나 품이 넉넉한 옷을 고르지 않는가? 헐렁한 튜닉에 팬츠 스타일을 하기 쉬운데, 아줌마 스타일이 되지 않았는지 확인해 보자.

옷은 결점을 보완하기 위해서 입는 게 아니다. 나를 멋지게 보이기 위해, 옷을 입어 활력을 불어 넣기 위해 입는 것이다.

리커버리의 발상보다 샤넬의 말처럼 결점을 매력의 하나로 삼겠다고 생각하면, 고르는 옷이 저절로 달라질 것이다.

늘 불필요한 걸 없애는 것도 주의해야 한다.

'늘 제거해야 한다. 덧붙이기는 절대로 안 된다.'

코코 샤넬의 말이다. 나이가 들수록 심플한 옷차림이 멋있다.

필요한 것만 남기고
나머지는 버리자

액세서리를 지나치게 달면 촌스러워진다. 리본, 프릴도 나에게 어울리는지 잘 확인하자. 프린트, 무늬, 특히 나이 든 여성의 애니멀 프린트도 반드시 잘 살펴봐야 한다. 시크하게 입었는가? 잘 어울리는가? 무늬가 들어간 옷이나 액세서리도 원 포인트 느낌으로 활용한다. 좋은 걸 하나만 착용하는 것도 멋지다.

옷장 안에는 지금의 나에게 어울리는 옷만 남겨 놓자. 나에게 잘 어울리는지 판단하려면 직접 입고 전신 거울 앞에서 확인하는 방법이 가장 좋다. 하지만 시간이 아무리 흘러도 정리되지 않을 수 있다. 그러니 망설여질 때의 최후 수단으로 사용하자.

살이 빠진 후 입을 생각으로 남겨 놓지 않는다. 언젠가 입겠지 싶은 옷도 버린다. 똑같은 디자인의 옷은 한 벌만 남긴다. 유행에 뒤처진 옷은 가격이 비싸더라도 처분한다.

판단 기준을 명확히 해 정리하면 지금 입는 옷만 남는다. 꽉 찼던 옷장에 여유가 생긴다. 덕분에 생긴 쾌적함은 마음속에도 여백을 만든다. 상쾌한 바람이 느껴질 것이다. 상쾌함이야말로 나이 든 지금 느껴야 할 감각이다.

액세서리 종류도 늘어나기만 한다. 가치가 높든 말든 사용하지 않는 건 처분하고, 나에게 가치 있는 액세서리만 골라서 남겨 놓자. 수량을 줄이면 착용하는 액세서리도 엄선할 수 있다.

신발도 정리하자. 나는 구두를 매우 좋아해 엄청 많은 구두를 신발장에 쌓아 놓았다. 그러나 오랜 시간이 흐르는 동안 발 모양이 달라져 신지 못하게 된 구두가 많아졌다.

불편해지고 오래된 신발은 처분하자. 고쳐서라도 신고 싶은 신발은 고치자. 잘 닦아 다시 깨끗해지는 신발은 닦자. 신발장 안에도 빈 공간을 만든다. 대부분의 신발이 그다지 필요하지 않다는 걸 알 수 있다.

물건을 처분하거나 버리는 일에는 죄책감이 따른다. 하지만 처분한 물건이 유용할 때도 있다. 불필요한 옷, 신발, 가방은 '헌옷de 백신'이라는 서비스를 이용해 기부한다. 개발도상국에서 재이용되어 한 계좌당 아이 다섯 명에게 폴리오 백신을 보내는 시스템이다. 애용한 물건이 누군가에게 도움이 된다고 생각하면 처분에도 마음을 담을 수 있다.

얽매이지 말고
마음껏 나를 표현하자

옛날 사진을 보면, 옷의 색이 참 다양했다. 알록달록한 옷은 날마다 새로운 일과의 만남이었던 이십 대의 나에겐 잘 어울렸을지 모른다. 선택한 색상에 개척해 나가는 긍정적인 마인드가 나타나 있다.

삼십 대 무렵부터는 검은 옷을 골라 입는 경우가 많아졌다. 검은색, 회색, 와인색, 흰색… 시크한 단색 계열의 옷을 즐겨 입었다. 그 시절에 유행한 색일 수도 있지만, 검은색 옷을 입으면 안심했기 때문일지도 모른다.

검은색을 선호하는 건 지금도 계속되고 있는데, 최근에는 밝은

색 계열의 옷을 입고 싶어졌다. 하지만 시크해야 한다는 걸 잊으면 안 된다.

시크… '고급스럽고 세련됐다', 나이가 든다는 건 정말로 이런 게 아닐까 싶다. 경제적인 건 상관없다. 마인드와 센스가 중요하다. 또한 시크한 걸 즐기는 게, 충분히 나이 든 여성들의 미래를 풍요롭게 하는 키워드가 아닐까 생각한다.

물건을 많이 들지 않고 좋아하는 물건, 품질 좋은 물건과 함께 무리 없이 즐겁게 실천하는 게 패션이다.

시니어 여성들이 모인 걸 보고 깨달은 게 있다. 그곳에는 색이 없다. 검은색, 회색, 갈색…, 아무리 봐도 시니어용 코너에서 구입한 듯한 무난한 색조와 디자인뿐이다.

색은 심리에 영향을 준다. 밝은 색을 입으면 설레고 어두운 색을 입으면 차분해진다. 보다 심화된 고령화 사회를 맞이하는 일본의 거리가 분명 수수한 색으로 가득 채워질 텐데, 사회 자체의 활기가 저하될 듯한 기분이 든다.

최근 파리나 뉴욕의 세련된 부인 사진집이 인기를 끌고 있다. 나도 종종 사진집을 펼쳐 보고는 '이렇게 나이 들고 싶다'고 생각하곤 한다. 다채로운 옷차림도 있는가 하면 검은색, 회색, 베이지색, 흰색 등의 차분한 색을 아름답게 차려입은 모습도 보인다.

그들 옷차림의 밑바탕에는 '자유로움'이 있다. 얽매이지 않고 생각한 대로 자신을 표현하는 방식으로 패션을 즐기는 듯하다. 물론 서양 여성들이 모두 사진집의 부인들 같진 않겠지만, 시니어 여성들의 패션은 꽤 화려하다.

사진집 《마담 시크》 중 예순넷의 부인은 이렇게 말한다.

'인생은 변화의 연속이에요. 색채를 더해서 충분히 느끼세요.'

'강렬한 색과 디자인을 선택해요.'

색과 디자인으로 기분을 끌어올린다. 기운이 나지 않을 때, 조금 더 힘내고 싶을 때, 의식적으로 색채 어린 색의 옷을 입는다. 늘 긍정적인 마음으로 지내기 위한 비결이다.

있는 그대로의 나를 되찾아본다

백발을 염색하지 않은 회색 머리의 여성이 늘어났다. 라이프 스타일에 대한 책 《회색 머리의 선택(グレイヘアという選択)》에서 모델 유키 안나(結城アンナ) 씨는 말했다.

'염색한 머리색에 맞추는 동안 원래의 내 모습에서 멀어졌다.'

과감하게 염색을 그만둬 보니, 있는 그대로의 나를 되찾을 수 있었고 마음도 가벼워졌다고 한다. 분홍색 등 밝은 색이 잘 어울리게 되어, 생기발랄하고 화려해 보이게 되었다고도 한다.

확실히 회색 머리는 얼굴 주변을 밝게 하고 피부도 아름다워 보이게 한다. 회색 머리의 대가라고 하면 가토 다키(加藤タキ) 씨, 디자이너 시마다 준코(島田順子) 씨 등이 있다. 그리고 단연 압권은 배우 구사부에 미츠코(草笛光子) 씨일 것이다.

구사부에 미츠코 씨는 《구사부에 미츠코의 클로젯(草笛光子のクローゼット)》에서 다음과 같이 말했다.

'머리 염색을 그만뒀더니 자유로워졌다.'

거짓도 꾸밈도 없는, 있는 그대로의 나로 지낼 수 있는 좋은 기분. 그 어디에도 힘이 들어가지 않은 모습은, 인생 후반을 의식하는 내가 바라는 모습이다. 회색 머리에는 단아한 로즈색 립스틱이 잘 어울린다. 회색 머리의 혜택을 마음껏 즐기고 싶다.

나이가 들었기 때문에 화려한 옷차림이 잘 어울린다, 품격 있는 화려함이다. 관록이라는 말이 있는데, '외형'이라기보다 '분위기'이지 않을까 싶다.

분위기, 그건 패셔너블하거나 고급스러운 옷을 입었다는 것만 뜻하지 않는다. '자신을 활용하는 방법을 알고 있다'는 뜻에 가깝다. 무엇보다도, 그 옷을 입고 가슴이 두근거리는가? 멋지게 느껴지는가?에 대해 안다.

인생의 전환점을 지나 완만한 커브 구간이 보일 때, 물건을 처분하고 집착을 버리는 것과 거울 속 나에게 두근거림을 느끼는 게 모순된다고 생각할지 모른다.

필요 없는 물건은 최대한 처분해서 홀가분해지자. 하지만 그건 속세를 떠난 사람이 되거나 출가하는 것도 아니다.

살아 있는 인간으로서, 한 명의 여성·남성으로서, 있는 모습 그대로의 기분 좋은 나로 지내기 위한 일을 해야 한다. 또 활기차게 지내기 위해 옷으로 기분을 끌어올리는 것도 중요하다.

고급스러운 옷이나 넘치도록 많은 옷도 필요 없다. 공들인 디자인의 옷도 필요 없다. 옷장 속에는 지금의 나에게 어울리는 옷만 있으면 된다. 강렬한 색조가 적으면 한 벌이라도 꼭 더해 보자.

구사부에 미츠코 씨는 유니클로를 즐겨 입는다고 한다. 심플한 스웨터에 알록달록한 스카프를 곁들이기만 해도 화려한 인상을 준다고 한다.

〈어드밴스드 스타일: 뉴욕에서 찾은 상급자의 멋진 스냅사진(Advanced Style: ニューヨークで見つけた上級者のおしゃれスナップ)〉에 등장하는 뉴욕의 패셔니스타 부인의 말이 모든 걸 설명한다.

'젊은 사람들에게 말하고 싶어요. 언젠가 당신도 나이가 들 거예요. 걱정하거나 초조해하지 않아도 돼요. 나이 드는 것을 걱정할 필요는 없어요. 각자의 세대에서 나이가 개성을 만들어 내니까요.'

부정적인 억측과 말버릇 버리기

'이젠 나이가 들어서.'

이런 말을 한 적이 있지 않은가? '이젠 나이가 들어서…' 그 뒤에는 무슨 말이 올까? '이젠 나이가 들어서… 못해', '이젠 나이가 들어서… 이전과는 다른 일을 하고 싶어'라고 생각하는가?

길은 둘로 나뉜다. 지금의 나를 '내 생애 가장 늙은 나'로 생각할 것인가, '남은 생애 가장 젊은 나'로 생각할 것인가. 전적으로 나에게 달렸다. 인생의 가장 끝에 있는 '지금의 나'를 어떻게 받아들이느냐에 따라, 나는 완전히 다른 존재가 된다. 가능성의 문을 열 것인가, 닫을 것인가?

실제로 필요 없어진 물건을 처분하면, 물리적으로뿐만 아니라 마음도 가벼워진다. 마찬가지로 오랜 세월 무의식중 몸에 밴 억측, 부정적으로 생각하는 버릇을 떨쳐버리면 새로운 문이 열린다.

억측이나 부정적으로 생각하는 버릇, 예를 들면 '이젠 나이가 들어서 못해' 등의 억측은 우리의 마음을 구속한다. 앞으로 나아가고 싶은데 보내 주지 않으려는 마음, 의식의 깊은 곳에 존재해 제지하는 또 다른 자신이다. 억압받고 승화되지 못해 남아 버린 감정들이다. 블록이라고 해도 좋다.

어린 시절부터 지금까지 우리는 다양한 경험을 해 왔다. 잠재의식으로서의 블록은 대부분의 경우 부모와의 관계나 학교생활, 괴로운 체험이나 실패, 부끄러웠던 일 등 '지워 버리고 싶은 체험'이 계기가 된다. 우리는 무의식중에 두 번 다시 괴로운 체험을 하지 않고자 먼저 포기한다. '어차피 나는 못해'라고 결정해 괴로운 체험을 회피하려고 한다.

블록은 자신을 지키기 위한 의식의 발로인데, 블록이 있으면 본의가 아닌 규칙을 스스로에게 부과해, 무의식중의 억측이나 부정적으로 생각하는 버릇이 되고 만다. 그렇게 생각하면 상처 입는 일에서 스스로를 보호했다고 인식한다.

'나이가 들어서'라는 말은 필요 없다

가장 먼저, 말버릇을 신경 쓰자. 억측, 부정적 생각은 말버릇에 나타난다. 자기도 모르게 하는 말, 별로 생각하지 않고 내뱉는 말은 없는가?

이를테면 '이제 나이가 들어서'라는 말은 인생의 가치를 '젊음', '아름다운 외모'에 둠을 나타낸다. 미래에 대한 포기가 밑바탕을 형성한다. '기대하면 실망할 수 있다'라는 블록이 '이제 나이가 들어서'라며 도전할 마음을 시들게 한다.

'~해야 한다'라는 의무감이 담긴 말버릇도 구차하다. 틀에서 벗어나면 안 된다는 의식의 밑바탕에는 틀에서 벗어나는 게 무섭다는 두려움이 존재한다. 실패에 대한 두려움이다. '혹시 안 되면 어쩌지?', '실패해 비난받으면 어쩌지?' '반드시 ~해야 한다'라고 생각할수록 괴로워진다.

앞으로의 인생을 홀가분하게 보내고 싶을 때, 불필요한 물건을 처분하려고 할 때 이런 말버릇은 족쇄가 될 뿐이다.

무엇을 하면 좋을까 목적 없이 오십 대를 맞이했다고 삶을 돌아본 한 여성이 있었다. '뭔가 재미있는 일이 없나요?'라고 묻기에 아이디어 몇 가지를 내놓자 '혹시 안 되면 어떡하죠?', '실패하면 큰일이잖아요?'라며 전부 부정했다. 실패에 대한 두려움, 의존적인 자세의 간곡한 표현이다.

하고 싶은 일이 있어도 도전하기가 두려워 한 발짝도 내밀지 못한다. 안타깝기 짝이 없다. 우리에게 남은 시간은 한정되어 있다. 지금 당장 눈앞에 있는 걸 붙잡지 않으면 두 번 다시 손에 넣을 수 없는 게 있다.

움츠러들어 가만히 있으면 상황이 달라지지 않는다. 그러나 일단 해 보자고 작정해 시작하면 모든 일이 움직이기 시작한다.

인생도 절반이 지나 앞으로 더욱더 자유롭고 행복해지고 싶다면, 지난 삶의 괴로움과 위화감을 의식해 언어로 바꿔 보자. 자기도 모르게 입을 뚫고 나오는 말버릇이 없지는 않은지, 가족이나 친구에게 물어 봐도 좋을 것이다.

내뱉는 말의 뒤에는 잠재의식이 있어 블록이 되는 무언가가 존재한다. 알게 되면, 모조리 부정하지 말고 '원인이 있었구나' 하고 인정하자. 그리고 속박으로부터 자유로워져 되고 싶은 자신을 연상해 보자.

'이제 나이가 들어서'라는 말버릇은, 포기이자 변명인 동시에 '나이 따위 상관없다'라고 생각하고 싶은 속마음에 있는 말이다.

물건은 순간이지만,
체험은 두고두고 남는다

제2차 세계대전이 끝난 지도 칠십사 년이 되는 2019년이다. 전쟁으로 불에 탄 들판, 먹을 것도 없어진 일본은 전쟁이 끝난 지 십 년이 지난 무렵부터 이십 년 가까이 계속되는 고도 경제성장기를 맞았었다.

생각해 보면, 내가 태어난 건 전쟁이 끝나고 고작 십오 년이 지난 해였다. 내가 태어나기 십오 년 전에 도쿄는 불바다였다. 1960년대에 태어난 우리 세대는 물건이 없어 곤란한 적은 없었다.

기술이 발전하고 모든 일이 가능해져 편리가 당연한 지금의 시선으로 보면, 전화가 한 집에 한 대뿐이었던 시대는 불편해 보일지 모른다. 친구와 이야기할 때는 긴 전화선을 방까지 끌어와야 했던 그 시절, 그럼에도 육칠십 년대는 물건과 인간의 욕망이 균형 잡힌 시대였다는 기분이 든다.

팔십 년대가 되면서 버블기를 맞는다. 1984년에 작사가로 데뷔했는데, 사회 경기가 좋아진 시기라서 음악업계에도 활기가 넘쳤다. 좀 더 많고 사치스러운 물건을 바라며, 형태가 있는 물건에서 가치를 찾는 시대였다. 머지않아 버블이 붕괴되어 단번에 경기 불황이 찾아와 잃어 버린 이십 년을 맞았다.

사람은 풍족함을 추구한다. 형태가 있는 물건, 눈에 보이는 물건, 우리 세대 이후는 풍족이 표준인 시대를 살았다. 수많은 물건 중에서 좋아하는 걸 얼마든지 고를 수 있었다. 원하는 만큼 손에 넣을 수도 있었다. 물건을 많이 소유하는 것, 고가의 물건을 소유하는 것이 사회적 지위가 되어 자존심을 만족시켰다.

물론 멋진 일이다. 물건을 소유해 내가 충족되고 행복할 수 있다면 말이다. 행복한가가 매우 중요하다. 무엇에서 행복을 느끼는가, 무엇을 원하는가, '모노(もの)'인가 '고토(こと)'인가. 모노란 형태가 있는 물건을 말한다. 고토란 현상이나 행동 등 추상적인 것을 말한다. 물건과 마음 사이에 있는 게 '체험'이다.

'물건'과 '체험' 중 어느 쪽이 좋은가 비교하는 게 아니라, 나이가 들어갈 우리에게 여유를 주는 게 무엇인지 대량 소비 시대가 끝나고 가치관도 변한 지금 다시 한 번 질문해 보자.

지금까지 계속 고집해 온 것보다 지금의 나에게 보다 기분 좋은 가치. '이것이 없으면 안 된다', '이것이 없으면 부끄럽다'라는 감각이 아니라 '이것이 있으면 즐겁다', '이런 식으로 하면 재미있지 않을까'라는 너그러운 감각과 아이디어를 소중히 해야 한다.

인생의 가치관을 바꾼다

지금은 대부분의 사람이 물건을 많이 소유하는 것만이 풍족함을 뜻하지는 않는다고 생각한다. 정말로 좋아하는 물건을 손에 넣을 때까지의 '이야기'가 중요하다는 사실을 깨달은 것이다.

물건을 얻은 후 무엇이 시작될까? 물건을 어떻게 활용할까? 예를 들면, 크게 성공해 쌓은 재산을 무엇을 위해 어떤 방식으로 쓸까 하는 것도 '이야기'다. 성공한 사람이 어떤 식으로 느끼고 어떤 마음으로 재산을 활용하려고 할까? 사회에 어떤 결과를 가져왔는가? 사람이 감동하는 건 그 과정이며 결과다.

우리의 일상으로 시선을 돌려 보자. 여행이든 공부든 사회활동이든 도전이든 창조적인 일이든, 대부분이 체험이다. 가족과의 시간이든 혼자서 보내는 시간이든, 여유를 느끼는 일에 시간과 돈을 들인다.

투자가 형태로 돌아오지 않을 수도 있지만, 값을 매길 수 없는 소중한 감동으로 마음에 새겨지기 마련이다. 눈에 보이는 물건을 들고 다음 세계로 갈 수 없다. 반면 영혼에 새겨진 눈에 보이지 않는 체험과 감동은 가지고 갈 수 있다. 그렇다고 나는 믿는다.

체험이나 감동이라고 말하지만, 좀 더 깊이 파헤쳐 보면 또 다른 게 보인다. 컨설팅하는 친구는 '경험에서 가치를 찾는 시대에 이어 마음을 개발하는 시대가 온다'라고 말한다. 공급하는 기업 측 마음의 개발이 필요하며, 그 일례가 일하는 사람의 마음을 존중하는 것이다.

블랙 기업, 과로사, 서비스 잔업 등의 문제가 터져 나오고 업무 방식 개혁을 주장하는 것도 마음을 개발하는 시대로 가는 단계의 일환이다. 마음을 개발하는 시대에는, 지금까지의 사상이나 종교가 아니라 개인적이면서도 똑같은 세계관을 지닌 사람과 사람이 관계를 맺어 사회적 행복을 창조해 나가게 될 것이라고 한다.

나이가 들고 어느 순간 손에 넣은 물건을 깨닫는다. 눈에 보이든 보이지 않는 물건이든 '이것뿐이다'라고 생각하지 말고 경험한 일, 만난 사람, 체험의 풍족함에 감동해야 한다. 그렇게 되길 바란다.

이제부터 풍족한 체험을 창조해 나가기 위해 인생의 가치관을 바꾸자. 생각하고 받아들이는 방식에 따라, 지금까지 일어난 일을 여유로운 체험으로 바꿀 수 있다.

'인생에서 내 마음에 든 일은 돈이 들지 않은 일뿐이다. 결국 우리가 소유하는 가장 귀중한 자산은 돈이 아니라 시간이다.'

스티브 잡스가 한 말이다. 귀중한 자산인 시간을 어떤 감동으로 채워 나가야 할까? 한정된 시간을 어떻게 사용해야 할까?

순수하게 감동할 수 있는 마음을 계속 유지하는 것이, 반드시 찾아올 죽음을 앞둔 우리의 인생을 풍요롭게 한다.

유사시, 최선의 선택을 위해 해야 할 일

무슨 일이 생겼을 때, 병에 걸렸을 때, 시한부 선고를 받았을 때, 뇌사 상태가 되었을 때가 언제 찾아올지 모른다. 가능성을 마음 한구석으로 생각하게 되었다. 나의 의사를 전하지 못하게 되었을 때 어떻게 하길 바라는지 가족에게 알려 두는 건 가족에 대한 최선의 배려다.

암에 걸렸을 때, 항암제 치료를 할 것인가? 고도 의료를 받을 것인가? 상태에 따라 다르겠지만, 최선의 선택을 할 수 있도록 평소에 생각해 놓아야 한다. 항암제 치료가 얼마나 삶의 질을 저하 시키는가 등 생각할 점은 얼마든지 많다. 뇌사 상태가 되었을 때 연명할 것인가에 대해서도 희망사항을 가족에게 말해 놓자.

나에게 최선의 선택을 하는 게 가장 중요하다. 마음 깊은 곳, 나의 영혼은 어떻게 하고 싶은가? 모든 감정을 통틀어 나와 철저하게 대면하자. 인생을 어떻게 끝내고 싶은가? 나에게 묻는 것이다.

만약 내가 지금 갑자기 돌아올 수 없는 길을 떠난다면… 가족은 슬픔보다 더 힘든 경험을 할지 모른다. 그런 경험을 하게 만드는 내가 게으른 것이지만, 지금으로서는 회사나 돈에 관한 일도 죄다 그대로다.

얼마 전에 간단한 수술을 받았다. 간단하다고 해도 혹시 모를 상황이라는 게 있다. 입원할 때 만약의 상황을 대비해 문제가 일어났을 때 해야만 할 일을 미리 써 놓으려고 했지만, 결국 하지 않은 채 입원했다.

프리랜서로 활동하니, 회사가 있다고 해도 사원은 나뿐이다. 회계사가 경리 업무를 전부 파악하고는 있지만, 나만 아는 게 너무 많다. 내가 죽은 후, 회사를 접으려고 해도 저작권 이행 등 사소한 일이 이것저것 많을 것이다.

남편이나 딸이 처리할 거라 생각하면, 격한 불만을 품을 것 같아 그게 더 무섭다! 남길 재산도 없으니 더 큰 불만이 생기지 않을까…? 이른 시기에 금전 문제, 사무적인 절차에 대해 회계사의 조언도 받아 정리해 놓아야겠다.

갑자기 죽음을 맞이한다는 것은, 내 또래라면 충분히 있을 수 있는 일이다. 실제로 최근 몇 년 사이에 오륙십 대 친구들 몇 명이 갑자기 죽었다.

라이브 콘서트에 함께 갈 약속을 하거나 가까운 시일 내에 식사하자고 한 친구, 한창 일할 때거나 퇴직하고 제2의 인생을 느긋하게 즐기려고 한 친구들이다. 남은 가족은 현실을 받아들이지 못할 뿐 아니라, 재산 등의 처리 절차에서 힘든 일을 경험했다.

예를 들어 동결된 은행 계좌를 부활시켜 예금을 상속하기 위해선, 피상속인의 출생부터 사망까지 증명하는 호적등본과 혼인·이혼·사망 등으로 전원이 빠진 상태의 호적 원본인 제적등본과 상속인 전원의 호적등본·인감증명서·유산분할협의서 등이 필요하다.

슬픔에 잠겨 있을 때 처리해야 한다. 본적이 현 주소와 다른 곳이라면 서류를 가져오는 절차도 큰일이다. 호적등본을 늘 곁에 둬야 하나 싶을 정도의 생각이 들게 한다.

물론 이런저런 재산 상속·연금·보험 청구에 필요한 호적등본 등을 행정사에게 일임해 가져오게 할 수도 있다. 비용이 들지만 방법이라면 방법이다.

죽음을 준비하기
딱 좋은 시기

갑자기 세상을 떠난다는 것, 가족은 물론 본인도 예기치 않은 일이다. 또 남은 인생이라는 형태로 시간이 구분되는 경우도 있을 수 있다. 나의 시간이 구분되었을 때 어떤 생각이 들까?

지금의 나는 상상할 수 없다. 건강할 때는 상상할 수 없는 것이다. 입으로는 '좋아하는 일을 한다', '만나고 싶은 사람을 만난다', '남은 사람이 곤란하지 않게 해 놓는다' 등 여러 가지를 말할 수 있을지도 모른다. 당연히 그런 일을 할 것이다.

하지만 그 일에 착수하려면 누구와도 나눌 수 없는 갈등의 과정을 거쳐 굳센 각오가 필요하다. 나의 현재 상태… 인생의 현상을 깊이 받아들이는 게 가장 힘들 수도 있다.

죽을 준비를 다 마치고 세상을 떠난 친구가 있다. 처음 만났을 때 이미 항암제 치료를 여러 번 끝낸 상태였다. 마르고 연약해서 초여름인데도 긴소매 셔츠를 몇 겹이나 껴입었다.

그녀는 독신으로, 여동생과 오래된 친구가 일상생활이나 병원에서의 간병을 도와줬다. 입원과 퇴원을 수차례 반복해서 이제 곧 이별할 때가 가까워졌다는 예감이 들었다.

마지막으로 병원에 문병을 갔을 때 그녀는 널찍한 1인실에서 지내고 있었다.

"리빙 윌 보험에 가입해서 마지막은 사치 좀 부리고 싶었어."

그녀는 방긋 웃으며 말했다. 그리고 상조회사 책자를 보며 종교가 없으니 꽃이 가득한 장례식으로 해 달라는 것, 수목장으로 해 달라는 것, 절차는 이미 마쳤다는 것 등을 말해 줬다.

그녀가 죽은 후 페이스북에 여동생의 글이 올라왔다. 무사히 장례식을 마치고 수목장으로 했다고. 그리고 그녀의 감사 편지를 올렸다.

'여러분과 만나서 밝게 떠날 수 있었습니다. 행복했습니다.'

물론 옆에서 도운 여동생은 매우 고생했을 것이다. 친구는 여동생에게 가족에게만 보여 줄 수 있는 고집을 부렸을 것이다.

세상 떠날 준비를 하는 사람의 심경을 헤아릴 수는 없다. 그래도 몸이 약해져 가는 가운데 최대한의 준비를 한 친구의 강인함에 나는 진심으로 경의를 표한다.

젊었을 때와는 다르다. 물론 젊었을 때도 무슨 일이 있을지 모른다. 목숨이 붙어 있는 것 자체가 기적이라는 생각이 해마다 깊어진다.

재해를 준비하는 것처럼 무슨 일이 있었을 때를 기록해 놓는다. 가족을 곤란하게 하지 않기 위해서일 뿐만 아니라, 가족에 대한 애정이기도 하며, 현실적인 희망 속에 있는 삶을 나타내는 것이기도 하다. 나도 일단락 짓기 좋은 시기에 준비를 시작하려고 생각하고 있다.

우아하게 사는 연습 첫 번째

자유롭고 유연한 생활을 위한 7가지 방법

- 추억의 물건을 처분하여 홀가분해지면, 자유가 좀 더 가까워진다.
- '반드시 해야 해'라고 생각하는 일은 그만두고, '귀찮아도 하고 싶다'고 느껴지는 일만 한다.
- 피를 맑게 하는 식사를 한다. 생명에 활기를 주는 음식을 즐겨 먹는다.
- 긴장을 풀 수 있는 장소와 시간을 확보한다. 매일은 무리라도 가끔 다른 장소에 간다.
- 패션은 심플함과 시크함을 신조로 삼되, 강렬한 포인트 컬러를 넣어도 즐겁다.
- '이젠 나이가 들어서…' 뒤에 이어지는 말을 바꿔 행동하면 운이 움직인다.
- '나에게 무슨 일이 생겼을 때'라는 질문에 확실히 직면한다.

2

나의 시간을 즐기며 살아야 한다

'역할'에서 벗어나 자유로워질 때

고대 인도 법전의 '4주기'라고 이름 붙인 사고방식을 아는가? 인생을 보내는 방법이다.

학생기(學生期, ~25세) : 살아가는 지혜를 터득하는 배움의 시기

가주기(家住期, 25~50세) : 가정을 꾸리고 일에 힘쓰는 시기

임주기(林住期, 50~75세) : 삶의 보람을 찾아 인간답게 사는 시기

유행기(遊行期, 75~100세) : 집을 버리고 죽을 장소를 찾아 유랑하고 기도하는 여생의 시기

가주기에 해당하는 스물다섯에서 오십의 나이는 한창 일할 때다. 나를 돌아보면 한눈 팔지 않고 열심히 달려왔다고 자부할 수 있다. 일, 결혼, 육아로 바쁘게 뛰어다녔다.

하지만 오십이 되었을 때… 이전까지의 이십 년과 앞으로의 이십 년이 완전히 다를 것을 자각했다. 이십 년 후에 건강하게 지낼 수 있을지 알 수 없는, 앞이 보이지 않는 이십 년이 시작되었다. 삶을 바꾸자고 생각했다.

임주기에 접어든 나는 여태껏 해 본 적 없는 목표에 도전하기로 했다. 직접 가르치고 전달하는 것이다. 라이프 아티스트 아카데미라는 사설 강습소를 시작해 도전하는 나날을 시작했다.

기업에 근무하면, 보통 예순쯤에 정년퇴직을 맞이한다. 예순은 아직 젊다. 아직도 충분히 일할 수 있다. 물론 은퇴해서 유유자적하게 살고 싶은 사람은 그걸로 충분하겠지만 아직 일하고 싶은 사람, 일해야 하는 사람이 예순부터 인생을 새롭게 생각하는 건 이르지 않다.

임주기 중반부터 대부분의 사람은 프리랜서가 된다. 일을 계속하거나 계속하지 못하는 것과 상관없이 기업인으로서, 부모로서의 역할에서 벗어나는 사람도 많을 것이다. 하여, 자유로워졌다고 느끼는 사람도 있는가 하면 사회에서 필요 없어진 건 아닐까 하고 낙담하는 사람도 있을지 모른다.

인생은 강의 흐름처럼 멈추는 걸 모른다. 임주기는, 역할에 자부심이 있었다고 해도 애쓴 역할에서 졸업한 걸 기뻐하며 나를 위해 최선을 선택하는 세대다. 그렇다고 해도 오랫동안 역할을 맡아 왔는데 뜬금없이 '자유롭게 지내세요!'라고 한들 '뭘 해야 좋을지 모르겠다', '앞으로 어떻게 되는 걸까?' 하며 불안을 느낀다.

퇴직 후에 우울증에 걸리는 남성이 늘고 있다고 한다. 역할을 마치고 필요 없어졌다는 상실감도 있을 것이다. 그러나 '잘 모르겠다', '어떻게 하지?'라고 불안해져도 답은 저절로 찾아오지 않는다. 직접 찾는 수밖에 없다.

모든 세대에게 말할 수 있는데, '살아 있는 것'을 실감하며 사는 건 인생의 질을 높여 준다. '삶의 보람'이 있어야 마음이 약동한다. 또 인생 후반에는 '삶의 보람'이 더욱더 중요해진다.

사회인, 부모로서의 역할을 끝마친 우리에겐 여러 가지 물건을 처분할 때가 반드시 온다. 그때 상실이나 허무가 아니라 충실감을 느끼는 것에 인생을 정리하는 열쇠가 있다. 설령 병상에 있다고 해도 삶의 보람과 함께해야 한다. 내 목표이기도 하다.

정신과 의사이며 과거 상왕비가 황태자비였던 시절 상담의로서 궁에 드나들었던 가미야 미에코(神谷美恵子) 씨는 저서《삶의 보람에 대하여》에서 삶의 보람을 느끼며 사는 것의 의의를 설명했다.

'인간은 하고 싶은 일과 의무가 일치했을 때 삶의 보람을 가장 많이 느낀다.'

'어떤 사람이 삶의 보람을 가장 많이 느낄까? 생존 목표를 확실히 자각하고 살아 있는 필요를 확신하며 목표를 향해 온 힘을 다해 걸어가는 사람, 바꿔 말하면 사명감으로 사는 사람이 아닐까?'

누군가에게 도움이 되는 나의 최선

사회인으로 사는 것, 부모라는 역할, 부모의 간병 등은 의무라고 해도 좋다. 그것이 하고 싶은 일이라면 삶의 보람이 된다. 그러나 역할과 의무에서 벗어나 더 이상 젊지 않게 되었을 때에도 과연 삶의 보람을 느낄 수 있을까?

가미야 씨는 '사명감으로 산다'고 했지만 반드시 뭔가에 몸을 바치는 건 아니다. 큰일이 아니라도 뭔가에 나를 유용하게 쓰는 것, 하고 싶은 일이나 즐기는 일을 하기 위해 최선을 선택하고 최선을 다하는 것도 목숨을 사용하는 것으로 이어진다. 누군가에게 도움이 된다면 한층 더 멋진 일이다.

내 어머니는 나이 오십에 가정법원의 조정위원이 되었다. 법학

부를 졸업했지만 전업주부였던 어머니가 전형에 뽑힌 건 엄청난 열의 덕분이었다.

젊은 시절 소년 문제에 관한 일을 하고 싶었던 어머니는, 육아가 일단락되었을 때 인생을 개척했다. 활기차게 법원에 가던 모습을 기억한다. 이혼 조정부터 소년 문제까지 담당하게 된 후에는, 일하는 의욕도 삶의 보람으로 느끼며 임무에 종사했다.

오십부터 정년인 칠십까지 임주기의 자기실현, 가족이 아니라 사회에서 필요로 했던 게 어머니의 동기부여를 높였다.

재해지에서 묵묵히 작업하는 슈퍼 자원봉사자 오바타 하루오(尾畠春夫) 씨는, 확실히 인생 후반을 큰 사명감으로 살아가고 있다.

여든여덟이 되는 내 아버지는 정원에서 채소를 키워 우리에게 나눠 주는 것도 모자라 우리집 반려견을 적극적으로 돌봐 주신다. 우리 자매가 사는 집의 나무도 손질해 주신다. 사소한 일이지만 아버지는 '도움이 되는 게 기쁘다'고 말한다.

인생 후반의 새로운 역할은 살아 있는 기쁨과 함께한다. 나의 즐거움을 위해서 살든, 누군가에게 도움이 되는 삶을 살든 역할이라는 틀에 들어가는 게 아니라 역할이라는 틀 밖에서 지내야 한다.

'억지로 하는 느낌', '남에게 해 주는 느낌'에서 벗어나면 우리는 자유를 얻고 나를 행복하게 하는 새로운 방법을 선택할 수 있다.

5년, 10년 후에 시작할 일을 준비한다

얼마 전 내가 광고대행사에서 근무하던 시절에 신세를 졌던 분과 삼십 년 만에 연락이 닿았다. 어떻게 지내는지 궁금해져서 서로 아는 지인을 통해 연결한 것이었다.

그는 퇴직 후 사모님과 함께 집 근처에서 도예 교습소를 열고 개인전도 열고 있다고 했다. 취미로 도예를 한다는 소식은 들은 적이 없었는데 오 년 후, 십 년 후의 라이프 스타일을 확립하고자 착실히 준비한 결과였다.

그의 이야기를 들었을 때 그야말로 이상적인 '임주기'라고 느꼈다. 회사 일도 즐기고 개인적인 일도 즐긴다. 또 취미, 즉 좋아하는 일을 직업으로 삼고자 실력을 갈고닦는다.

남들에게 가르쳐 주고 개인전을 여는 수준이니 대단한 것이다. 정말로 인생을 즐기는 방법을 아는 사람의 삶을 봤다. 사모님과 함께한다는 점도 멋지다.

저널리스트인 한 친구는 예순다섯에 퇴직한 후 해외에서 자원봉사자로 활동할 생각이라고 한다. 취재를 통해 개발도상국 아이들의 빈곤과 학대 등을 보고 들은 후, 문제의식을 갖고 자유로운 입장이 되었을 때 무엇을 할 수 있을까? 할 수 있는 일로 공헌하고 싶다는 것이다. 끊임없이 도전하는 용기는 본받을 점뿐이다.

도쿄를 떠나 야스가타케로 거처를 옮긴 친구도 있다. 좋아하는 골프를 실컷 하고 싶다, 밭을 만들고 싶다, 조용히 살고 싶다…는 바람이 있었던 그 친구는, 일이 일단락된 후의 이주를 위해 현역 시절부터 조금씩 준비했다.

지금은 인터넷이 있으니, 일을 하기 위해 반드시 도쿄에 있어야 할 필요도 없다. 도쿄의 리듬이 아니라 풍부하고 여유로운 자연의 리듬 속에서 새로운 무언가가 탄생할 것이다.

지금과는 다른 땅으로의 이주가 누구나 할 수 있는 일은 아니다. 당연히 돈도 많이 든다. 살고 있는 집을 팔거나 임대하는 걸 고려하는 사람도 있을 텐데, 집은 팔고 싶다고 당장 팔리는 건 아니다. 팔렸다고 해도 새로운 집으로 옮기기 전까지의 임시 주거 등 번거로운 일도 있다. 그런 힘든 점을 생각하면, 나처럼 행동이 굼뜬 사람은 이대로가 좋지 않을까 하고 의욕이 사라진다.

생활 방식이나 삶을 바꾸려면 열정과 행동력뿐만 아니라 에너지와 사전 준비가 필요한데, 과정도 즐겨야 진정한 도전일 것이다.

목표를 세우고 도움닫기를 하자

제2의 인생을 어떻게 보낼까? 가능하다면 사십 대가 끝날 무렵에는 이미지 메이킹을 해 놓는 게 좋을 것이다. 취미나 좋아하는 일이 즉시 업무로 이어질 수는 없다. 가볍게 전환해 나가려면 오 년, 십 년 계획으로 중장기적인 생각을 해야 한다.

능력을 연마하는 건 물론 어떻게 실현하느냐를 연상하자. 언제까지 이것을 하겠다, 언제까지 이것만 하겠다는 등 계획을 최대한 구체적으로 세우자.

남에게 도움이 되는 일을 한다는 건 시니어 세대의 의욕을 끌어올리는 방법 중 하나다. 사람은 고맙다는 말을 들으면 쾌감 호르몬이 분비된다고 한다. 필요로 하는 누군가를 위해 내가 할 수 있는 범위 내의 일을 하는 것이 사는 기쁨으로 이어질 수 있다.

예를 들면, 해외에 자원봉사를 하러 가는 건 그 나라 사람들에 힘이 된다. 나의 인생을 장식하기 위해, 나를 시험하기 위해 간다는 걸 자각적으로 생각하는 게 중요하다.

그렇게까지 장대한 목표는 아니지만, 나는 환갑 생일파티에서 이탈리아 가곡을 부르겠다고 선언했다. 중학교 때 노래 시험에서 2점을 받은 이후 노래를 봉인해 왔지만, 사실은 노래를 하고 싶었다는 걸 깨달았다. 또한 느긋하게 있지 못하는 성격이라는 것도 깨달아서 준비를 시작했다. 사 년 전부터 코러스 레슨과 개인 음악 레슨을 시작했다.

그림도 그리고 싶다. 엄청나게 못 그리고 공간 인지도 못하는지, 입체적으로 그리지 못한다. 그럼에도 캔버스에 나의 색을 표현하고 싶은 마음이 끝없이 솟아오른다.

목표를 찾아 세우면 도움닫기를 시작하자. 무엇을 해야 할지 모르겠으면, 남들이 좋아해 주는 체험을 많이 쌓아라. 씨앗이 되어 언젠가 반드시 열매를 맺을 때가 올 것이다.

부부가 서로를 제대로 마주하는 것도 인생의 도전

'역할을 재검토한다'라는, 새로운 인생의 전개를 좀 더 발전시켜 보자. 사람과의 관계에서 기분 좋은 거리를 유지하는 건, 자신뿐만 아니라 주위 사람의 마음도 편안하게 한다. 남들과의 거리, 특히 가족과의 관계는 거듭된 세월에 따라 달라진다. 친밀한 만큼 어려운 관계인데, 과정에서 큰 배움을 얻을 수 있다.

부부 관계를 생각해 보자. 오륙십 대가 되면, 자녀가 자립해 부모로서의 역할을 끝내고 부부가 둘이서만 지내는 경우가 많을 것이다. 이 무렵부터는 앞으로 오랫동안 둘만의 시간을 어떻게 보낼 것인지가 중요한 주제로 떠오르기 마련이다.

정년퇴직 시기를 맞아, 저마다 앞으로의 이상적인 자세와 삶에 대해 창조성을 갖고 생각한다. 여기서 말하는 창조성이란 '인생 후반은 이렇게 살고 싶다'라는 바람을 어떻게 이룰 것인가, 두 사람이 생각하는 이상적인 모습을 어떻게 각자의 삶에 접목시킬 것인가 하며 발전적으로 생각하는 것이다.

함께 있든 떨어져 살든, 두 사람의 마음이 함께 성숙하게 진화하는 방법을 구상하고 선택하는 게 중요하다.

진화란 인간적인 성숙을 말한다. 서로가 서로를 살리는 관계가 중심이다. 그러나 부부이기에 갈등이 있고 인내가 있다. 나는 여러 기회를 통해 '결혼은 영혼 연마'라고 말하는데, 영혼을 연마하는 상대이기에 말로 다할 수 없는 여러 가지가 있다. 인생 후반, 부부로서의 후반은 말로 다할 수 없는 것들을 넘어서는 시기이다.

이츠키 히로유키(五木寛之) 씨는 앞서 소개한 '4주기' 개념을 그의 식으로 해석한 저서 《임주기(林住期)》에서 이렇게 말했다.

'부부 관계는 한층 더 어렵다. 평생연인으로서 사랑을 키우기보다, 둘도 없는 우정을 키워 가는 게 좋지 않을까?'

'둘도 없는'이라는 말에, 부부 둘이서만 만들어 낼 수 있는 세계가 있다. 또 임주기, 즉 오십 대에 들어서면 감정적인 사랑이 아니라 남편 또는 아내라는 명명을 뛰어넘은 우정으로 이어지면 멋지다는 뜻도 내포되어 있다. 생각을 조금 바꿔볼 필요가 있다.

남편이면 용서할 수 없는 일도 친구라면 용서할 수 있다. 아내라면 응원할 수 없는 일도 친구라면 응원할 수 있다. 그런 사람도 많지 않을까?

남편이나 아내로서가 아니라 한 인간으로서 배우자를 배려하고, 동지라는 이름의 인연으로 큰 어려움을 극복한다. 부부를 초월한 관계성을 탐구하는 것도 인생 후반의 묘미일 것이다.

둘이라도
각자 자유로울 수 있다

오랜 세월을 함께 살아온 부부가 남편의 정년을 계기로 이혼한다는 '황혼 이혼'이 한때 화제였다. 남편의 입장에서 보면 청천벽력일 것이다. 퇴직금은 재산 분할, 위자료로 쓰일 테니 말이다.

이혼이라는 말을 꺼내는 아내의 시점에서 보면, 정년퇴직 후 남편이 집에만 있다니 참을 수 없다. 이 밖에도 가치관의 차이, 괴롭힘, 남편의 이성 문제, 간병 문제 등 이유는 여러 가지일 수 있다. 각자의 경제 사정에 따르겠지만 재산 분할, 연금 분할 등 이혼 후의 생활에 쪼들리지 않는 방법도 있는 모양이다.

또한 최근 몇 년 동안 자주 들리는 게 '졸혼'이다. 결혼 생활을 졸업한다는 뜻으로, 헤어지는 게 아니라 따로 생활한다. 남편의 역할과 아내의 역할, 서로의 의존 관계를 해소하고 자유롭게 생활한다. 아내 쪽이 졸혼이라는 말을 압도적으로 많이 꺼낸다고 하는데, 취미 등에 몰두하고 싶은 남편도 졸혼을 쉽게 받아들이는 경우가 있는 듯하다.

혼인 상태에 있으면서 서로에게 간섭하지 않고 각자의 인생을 산다. 서로에게 간섭하지 않는다는 건 어느 정도일까? 어느 한쪽이 병에 걸리면 어떻게 할까? 어려움에 빠졌을 때는?

이혼이 아니라 졸혼이면, 그 부분은 회색 지대다. 불분명하다. 경제 사정을 고려해 같은 집에 살면서 생활만 따로 하는 경우도 있는 모양인데, 그것도 그것대로 새로운 종류의 스트레스가 될 것 같다.

시니어 세대 부부의 이상적인 모습은 매우 현대적으로 접근해야 할 문제이며, 부부의 수만큼 다양한 스타일이 있다. 말할 수 있고, 말이 통하고, 제대로 된 대화를 할 수 있는 부부라면 서로의 이상형을 함께 찾을 수 있다.

대화를 제대로 못한다면, 감정적인 건 일단 배제하고 앞으로 어떤 인생을 보내고 싶은가부터 생각해야 한다. 상대방과 제대로 마주하는 것도 인생의 도전 중 하나다.

나와 남편의 경우, 서로의 이상을 응원하며 함께 살아가는 '동지' 같은 관계가 되었다. 결혼 초기부터 형성해 온 모습이지만 이십이 년 동안 수많은 발견과 둘이서 극복한 일, 내가 극복한 일, 온갖 일이 단련되어 지금의 안정된 경지에 이르렀다.

환갑을 앞둔 우리가, 부부로 지낼 수 있는 게 십 년인지, 이십 년인지 알 수 없다. 지금까지의 십 년, 이십 년과는 완전히 다른 무엇이 있을지 알 수 없는 미지의 시기로 들어가는 지금, 혼자라야만 자유로울 수 있는 게 아니라 둘이라도 자유로울 수 있다.

인생 후반, 남편 또는 파트너와 어떤 관계를 구축하느냐는 많은 여성에게 중요한 주제다. 남편, 아내라는 역할을 뛰어넘어 서로 이해하는 관계를 구축하는 과정이 있으면, 부부는 둘도 없는 좋은 친구로 함께하며 서로 상대방의 선택을 존중할 수 있다.

인생을 함께 걸어가든 길을 나누든, 선택의 과정을 가볍게 보지 않는 게 중요하지 않을까?

위험을 받아들이고 혼자서 결정하기

자녀가 성장해서 뭔가 하고 싶어졌을 때 전업주부였던 사람이 자력으로 돈을 벌겠다고 결심하면, 인생 후반의 가장 중요한 주제가 된다.

자유로워질 수 있는 돈을 갖고 싶고, 경제적으로 자립하고 싶어 하는 사람이 많다. 다시 한 번 도전하고 싶은 사람, 남편과 헤어질 준비와 자립을 목표로 하는 사람도 있는 듯하다.

어떤 친구는 몇 년 전에 양재 실력을 살려 작은 브랜드를 설립하곤 전시회를 열어 주문을 받아 판매하기 시작했다. 위험을 최소화하기 위함이었다. 비즈니스로 서서히 궤도에 올라 지금은 이혼

후의 경제적인 자립을 목표로 일하고 있다고 한다.

작품으로 살아온 나는, 노래가 인기 없다거나 시디 매출이 나쁜 걸 한탄해도 사회 구조 탓으로 돌려 버리면 앞으로 한 발짝도 나갈 수 없다. 노래가 인기 없다면 재능을 다른 곳에서 살릴 수 있는지 생각해야 한다.

좀 더 재미있는 일은 없을까 생각하며 삼십오 년 동안 일해 왔다. 답답한 적도 많았지만, 내가 열심히 쓴 작품으로 승부하기에 어떤 상황이든 책임은 나에게 있다. 그렇게 결심하니 가끔 머리를 싸매기는 해도 화 나는 일은 없다.

갓난아기가 기어 다니기 시작해, 언젠가 스스로 이동할 수 있게 된다. 무언가를 붙잡고 서서 벽 같은 걸 잡고 걷다가, 어느 순간엔 두 다리로 설 수 있게 되는 것이다. 아장아장 걸으며 단번에 세상이 넓어져 기쁜 마음으로 걷기 시작한다. 첫 자립이다.

학업을 마치고 일을 시작해 경제력을 얻는다. 부모에게 의존하던 때에서 졸업하고 경제적으로 자립한다. 혼자 살 수 있게 된다. 정신적·사회적인 면에서 누구의 지배나 도움 없이 모든 일을 혼자 할 수 있게 된 것이다.

한편 자율이란 자신이 직접 세운 규범·생각에 따라 행동할 수 있다는 의미다. 스스로를 다스려서 길을 개척해 나갈 수 있다. 자신이 한 일에 마지막까지 책임을 진다. 자율의 중요한 중심이다.

주체적으로 행동하는 자율과 스스로를 의지할 수 있도록 자립하는 것, 어떤 상황이든 어떤 환경이든 이 두 가지가 진정한 '자유'를 가져온다. 어떻게 하고 싶은가? 어떤 내가 되고 싶은가? 어떤 인생을 보내고 싶은가? 무엇을 해야 하는가?

자율이란 모든 걸 자신의 의사로만 결정하여 독선적으로 행하는 게 아니다. 다른 사람의 조언을 듣고 협력을 얻어 행동하는 것도 중요하다. 의존하는 게 아니라, 인간관계 속에서 의사결정을 하고 행동한다는 뜻이다. 그렇게 할 수 있어야 비로소 틀에 얽매이지 않고 정해진 길이 없는 가운데 자유로운 삶을 살 수 있다.

자율적으로 행동한다는 건, 실패했을 때 책임을 다른 데로 돌리지 않고 최선의 해결 방법을 찾아낼 힘을 갖는다는 뜻이다.

뜻에 따르지 않으면 불평불만을 제기하고 불합리한 상황에만 시선이 간다. 불만이나 푸념이 많은 사람은, 과연 자율적으로 행동하는지 자신을 다시 한 번 되돌아볼 필요가 있다.

마음만은 자유로운 60대를 맞아야 한다

'여성은 자립해야 해요. 남성이 자신을 행복하게 해 준다는 생각 따위 하지 말고요.'

미국 할리우드 배우 카메론 디아즈의 날카로운 말이다. 이런 의식을 갖고 배우자와 함께 또는 혼자서 살 수 있다면 이상적이다.

'궁극의 도전은 독자적인 스타일과 매력의 확립이다.'

마돈나가 한 말이다. 지금의 나를 알고 현재 나의 장점을 표현하는 것이야말로 도전이다. 마돈나 식으로 자율을 정의했다. 매우 효과적이다.

자율이란 자신이 세운 규범과 생각에 따라 행동하는 것이다. 인생 후반을 여유롭게 보내기 위해 이미 발을 들여 놓은 자율을 생각해 보는 건 어떨까?

다른 누군가가 쓴 시나리오에는 없는 즐거움을 스스로 찾아본다. 지금까지는 못한다고 굳게 믿었던 일에도 도전해 본다.

상대하기 거북한 사람과 억지로 어울리는 일을 그만둔다. 필요 없는 물건을 처분해서 홀가분해지겠다고 결심하면, 계속 물건을 처분한다.

나이가 들면 누군가의 도움을 받는 일이 늘어난다. 앞으로 많은 사람들에게 신세를 질 것이다.

육체적으로 자립하는 건 어려워질 수 있지만, 나는 이렇게 하고 싶다던가 이렇게 해 주길 바란다는 뜻을 전해 놓는 게 중요하다.

그것도 자율의 모습이다.

인생은 나의 것이다. 나의 생각·의견·의사를 계속 갖고 행동한다. 몸은 어찌 되었든 간에 이상을 갖고 마음은 자유롭게 육십 대를 맞이하고 싶다. 지금은 그렇게 생각한다.

마음과 감정을 잘 전달해야 하는 이유

부부의 수만큼 다양한 부부 형태가 있거니와, 부부의 일은 부부만 알 수 있다. 오랜 결혼 생활 중에서 어떤 세월을 함께 보내 왔는가, 어떤 식으로 어려움을 극복했는가.

황혼 이혼, 졸혼 등 오랫동안 함께 살아온 부부가 헤어지는 선택을 한다는 얘기가 많이 오고가는 가운데, 예를 들면 환갑을 계기 삼아 다시 한 번 삶을 돌아보면 어떨까 싶다.

'오랫동안 남편을 참아 왔으니 이젠 자유롭고 싶다.'

남편의 정년을 기다렸다가 갑자기 이혼을 꺼내는 사례도 있을 수 있다. 하지만 과연 공정한지 생각해 보길 바란다. 가능하다면 그전에 대화하자. 마음을 남편에게 정확히 전하는 일에 도전하길 바란다. 헤어지든 백년해로하든, 대화는 대부분의 사람이 인식하는 이상으로 매우 중요한 일이다.

오롯한 마음과 감정을 전하는 건, 여성에게는 커다란 도전이다. 감정을 부딪치는 게 아니라 전하는 것이다. 나는 이렇게 생각한다, 이렇게 하면 싫다, 이렇게 해 달라, 이런 식이 되면 슬프다 등.

결혼이라는 도전은, 부부가 진짜 소통하는 데 방점이 찍히는 게 아닐까 생각한다. 그림 동화《백설 공주》에 잘 나타난다.

《백설 공주》는 한 여성이 엄마의 저주에서 벗어나 자신을 직시하고 자신의 가능성과 가치를 찾아내 결혼이라는 영혼의 학문에 이르는 과정을 그렸다. 백설 공주가 죽은 건 독이 든 사과 때문이 아니다, 사과 조각이 목에 걸렸기 때문이다.

유리관이 한 쪽으로 기울었을 때 목에 걸린 조각이 튀어나와 숨을 다시 쉴 수 있게 된다. 즉, 여성의 '목'에 걸린 게 빠져 나와야 비로소 결혼할 수 있는 상태가 된다는 말이다.

'목'은 감정과 의사를 확실히 전달할 수 있다는 걸 상징한다. 정말로 하고 싶은 말, 정말로 해야 할 말을 전달하는 걸 배우는 게 결혼의 의의 중 하나다.

단순히 하고 싶은 말을 한다는 데 그치지 않는다. 부부의 형태는 다양하다. 몇 십 년에 걸쳐 부부의 형태를 어떻게 만들어 왔는지 한 번 돌아보면 어떨까?

이별이라는 결과를 받아든다고 해도, 마지막에 객관적이고 냉정하게 대화해야 한다. 그래야 노화라는 미지의 영역에 들어가는 우리의 삶이 달라지지 않을까 싶다.

자신만의 세계를 갖고, 함께 지내는 시간도 즐긴다

육십 대를 넘어 둘이서만 살아가는 부부도 많은 대화를 나누어야 한다. 자녀가 자립하고 자신들도 어느 정도 나이를 먹었기 때문에, 둘만이 할 수 있는 이야기가 있을 것이다. 그런 시간을 소중히 하면 얼마나 좋을까?

젊었을 땐 몰랐던 것, 지금이니까 비로소 할 수 있는 말도 있다. 말로 표현하지 못한 말이 많이 남아 있다. 살짝 꺼내 서로의 손바닥에서 굴리듯이 음미해 보자.

부부가 잘 지내는 요령 중 하나로, 각자의 세계를 갖는 걸 들 수 있다. 서로의 세계를 존중하는 게 중요하다. 어느 한 쪽이 상대방을 이해하지 못하고 비판하거나 무시하면, 함께 지내는 것의 묘미를 느끼기 어렵다.

목표나 지향하는 세계가 같은 것도 중요하다. 같은 방향을 바라보는 것. 이것 참 멋지네, 하며 좋다고 말할 수 있는 게 많은 상대와 지내면 인생의 후반을 평온하고 즐겁게 보낼 수 있을 것이다.

공통적인 체험을 쌓아야 한다. 여태껏 바빠서 시간을 내지 못했다면, 여유로운 시간의 흐름을 즐기는 것도 좋다. 식사하기, 미술관 가기, 음악회 가기, 영화관 가기, 와인 공부하기, 정원 가꾸기, 산책하기, 여행하기, 드라이브하기.

똑같은 체험을 하면 자연스레 대화가 샘솟는다. 서로의 감성을 건드리며 서로를 보다 더 잘 알 수 있게 해 준다. 둘이서 즐기는 걸 조금 더 의식해서 행동하면, 지금까지와는 다른 시점과 관계성이 생긴다.

서로의 노화를 지켜본다는 점에서도, 배우자와 함께하는 게 중요하다. 부부는 서로에게 거울과 같은 존재이므로, 상대방과 마주하는 게 곧 자신을 아는 계기가 된다. 서로의 노화를 지켜보면, 다정해질 수 있지 않을까?

우리는 한계가 있는 시간을 살고 있다. 하루를 무사히 보낸 것, '함께 걸어간다'는 감각을 느낄 수 있는 것의 고마움을 느낀다. 또 자신의 마음이 뒤틀렸을 때는 배우자를 소중히 하자고 생각한다. 소중한 사람을 소중히 한다면 맑은 흐름으로 돌아올 수 있을 것이다. 나이를 먹어서 도달한 경지다.

'확실히 뿌리를 내린 두 그루의 나무는, 어느 정도 떨어져서 가지를 가까이에 두면 좋다. 서로 붙은 나뭇잎을 스치는 산들바람이 상쾌한 음악을 연주한다.'

예수회 신부이자 조치대학교 명예교수인 하비에르 가랄다(Javier Garralda)의 저서 《자기애와 에고이즘(自己愛とエゴイズム)》에 나오는 말이다. 아름답지 않은가? 아름다운 말로 결혼을 말하면 답답한 마음이 풀린다.

상대방에 대한 불만 등은 피차일반이라는 걸 깨닫는다. 서로 똑같다면 다른 형태, 다른 종류의 나무가 가지를 조금 겹쳐서 마음 놓을 수 있는 나무 그늘과 상쾌한 바람이 지나는 길을 만들 수도 있지 않을까?

이미지는 중요하다. 나는 하비에르 가랄다가 한 말의 광경을 연상하며 마음을 정리하곤 한다.

이제 그만
엄마에서 '졸업'하자

부모와 자녀 관계만큼 어려운 게 없다. 부모는 자녀가 여러모로 신경 쓰이고 염려되어, 무의식중에 쓸데없는 말이나 행동으로도 소원해지곤 한다.

성인이 되면 자신도 모르게 인생의 선배 같은 얼굴을 한다. 나도 여러모로 잘못한 점만 생각나는데, 스무 살이 될 때까지는 성장한 자녀의 행동과 생각에 개입하는 걸 삼가야 한다. 현재 내 딸이 딱 그 세대를 맞아서 통감한다.

서른일곱에 딸이 태어나 사십 대는 육아와 일을 병행하며 보냈다. 어린이집이 아니라 유치원에 보낸 탓에 오후 두 시에는 데리러 가야 했다. 아침에 유치원에 데려다 준 후 근처 패밀리레스토랑 등에서 일했다. 집에 돌아오면 집안일도 있고 해서 일에 집중할 수 없었기 때문이다. 유치원이 끝난 후에는 교습소에 데려 갔다. 힘들었지만 딸과 많은 시간을 보낼 수 있었다.

초등학교 때 전철 통학이 시작되고는 너무나도 걱정되어 머리카락이 자꾸 빠졌다. 걱정하면 머리카락이 빠진다는 말은 진짜였다. 평소와 똑같은 시간에 집에 오지 않으면 무슨 일이 생긴 건 아닌지 가슴이 철렁했다. 지금 와서 생각하면 조금 병적으로 걱정했던 것 같다. 딸에게 큰 민폐를 끼쳤다.

중학교 3학년이 되었을 때, 딸은 일본 고등학교에 가지 않고 미국에서 공부하고 싶다고 했다. 반대할 이유는 하나도 없었다. 분명히 혼자서 진로를 깊이 생각했을 것이다.

딸을 열다섯에 떠나보낼 거라고는 생각하지 못했지만, 스스로에게 최선인 길을 선택하려고 하니 응원할 수밖에 없었다. 미국 버지니아 주에 친구가 살았는데, 근처에 자리를 잡고 차로 두 시간 정도 걸리는 고등학교에 진학했다. 이 년 후에는 코네티컷 고등학교로 전학 갔다. 지금은 뉴욕 대학교에서 공부하고 있다.

딸은 언제나 자신에게 최선의 선택을 한다. 항상 장하게 느낀다. 하지만 자택에서 삼십 분 걸리는 전철 통학도 걱정해서 머리카락이 빠진 나였기에, 미국에서 혼자 살며 공부하겠다고 한 선택에는 큰 각오가 필요했다.

딸의 유학은 나에게 '부모는 어떻게 행동해야 하는가'에 대해 알려 주었다. 딸이 부모로서 성장할 기회를 준 셈이다.

가장 큰 시련은 상대방을 진심으로 신뢰하는 것이다. 열다섯 살짜리 여고생의 선택, 생각을 깊이 신뢰하는 것. 부모라는 존재는 자신이 정한 틀을 자녀에게 어떻게든 적용하고 싶어 한다. '꼭 이렇게 하길 바란다'는 기대도 있다. 부모의 이기심일 뿐이다.

힘든 경험을 하며 공부하는 건 본인이며, 스스로의 인생을 살고 있기 때문에 응원하고 지켜볼 수밖에 없다며 나를 몇 번이고 타일렀다.

딸이 유학을 가겠다고 하고는 '쓸쓸해?'라고 물었다. 물론 조금은 쓸쓸하겠지만, 결코 쓸쓸하다고 말하지 않았다. 자식의 고생을 생각하면, 부모의 외로움 등은 아무래도 상관없다.

내 걱정은 내 문제이며, 그런 일로 딸의 인생을 막으면 안 되기 때문이다. 자녀가 자녀의 인생을 개척하고 있으니, 부모도 부모의 인생을 개척하면 된다. 매우 단순한 일이라고 딸이 알려 줘서 새삼 깨달았다.

그러나 단순한 일이 사실은 매우 어렵다!

걱정과 외로움, 상실감을 몇 번이고 맛보며 해야 할 일을 그저 할 뿐인 게 현실이다. 자녀가 부모에게서 떠나가는 과정이며, 부모가 반드시 겪는 감정이다. 나도 그렇게 부모에게서 떠났고 자립해 왔다고 생각하면, 어떻게 마주하면 좋은지 알 수 있다.

지나치게 간섭하는 부모가 되지 않기 위해

우리 세대가 되면 크게 두 가지 패턴이 생긴다. 자녀를 떠나보내지 못하는 부모와 빨리 자유로워지고 싶은 부모.

나도 나에게 물어본 적이 있다. 자녀가 내 세계 안에 있지 않은가? 자녀의 장래를 나의 자기실현과 겹쳐서 생각하지 않는가?

어느 지인은 젊었을 때 부상을 입은 탓에 발레리나의 길을 포기할 수밖에 없었고 못다 이룬 꿈을 딸에게 맡겼다. 어릴 때부터 딸을 발레 레슨 외에 댄스 수업에도 보내는 등, 목표를 높게 잡고 열심히 노력했다. 딸도 따랐다. 그러나 대회에 여러 번 출전해도 입상조차 하지 못하고 발레학교에서도 발표회 주인공이 되지 못하더니, 결국 고등학교 졸업과 동시에 발레를 그만두고 말았다.

부모의 기대에 부응하려고 노력해 온 딸은, 분명히 커다란 좌절감을 느꼈을 것이다. 하지만 발레에서 벗어난 딸은 얼마 후 다른 길을 찾기 시작했다.

한편 엄마의 분노와 상실감과 좌절감은 우울증에 걸리는 게 아닐까 걱정할 정도였다. 자녀에게 자신의 꿈을 맡기는 것도 모자라 자녀의 삶을 통제한 대가는 너무 컸다.

엄마도 정신적인 위기를 극복했다. 놀랍게도 그녀는 성인 발레 교습소에 다니기 시작한 것이다. 즐기며 레슨을 받는 동안 굳어진 몸에 조금씩 유연성이 돌아왔다고 한다. 몸을 움직이고 표현하는 기쁨은 엄마에게 새로운 삶을 선사했다.

작가인 노가미 야에코(野上弥生子) 씨가 한 말은 자녀양육의 참뜻을 나타낸다.

'부모라는 존재가 우주의 귀중한 생명 묘목을 맡은 것임을 잊으면 안 된다.'

더 이상 내가 해 줄 일은 없다. 자립해 가는 자녀의 인생을 방해하지 않을 뿐이다. 우주가 맡긴 묘목이 성장하면, 그저 믿고 건강하게 지내 주기를 기원하면 된다.

사람을 키우고 믿는 용기가 나를 키운다. 신뢰야말로 자녀를 향한 가장 큰 지원이며, 언젠가 성인이 될 자녀와 부모의 관계를 이어 줄 것이다.

노부모와 함께 행복하게 늙는 법

작금 일본의 사회복지에서 가장 서둘러 해결해야 할 과제는 간병이다. 제도와 시설 등이 좀 더 정비되면, 우리 몸과 마음과 경제 부담을 얼마나 많이 줄일 수 있을까! 저마다 다른 가정 사정과 가족 관계가 있기에 일괄적으로 재단할 순 없지만, 지금의 일본은 복지만큼은 안심을 바랄 수 없는 상황이다.

핵가족화가 진행되는 가운데, 혼자 생활하는 고령자가 늘고 있다. 가능하면 자신의 일은 스스로 한다, 자녀에게 최대한 의지하지 않는다, 누구에게도 신경 쓰지 않고 마음대로 생활하고 싶다는 마음이 있을 것이다. 그런가 하면, 혼자서 생활할 수밖에 없는 사정이 있는 고령자도 많다.

3세대가 함께 살던 예전과 달리, 자녀를 꺼리는 경우도 있다. 같이 생활하기 힘든 점은 이해한다. 나 또한 부모를 간병해 봐서 얼마나 부담스러운지 잘 안다. 자녀에게는 부담을 주고 싶어 하지 않는 사람도 있을 것이다.

여든여덟이 된 아버지는 어머니가 쓰러진 후 줄곧 혼자서 생활하고 있다. 벌써 구 년이나 됐다. 어머니가 병원과 시설에 있는 육 년 동안은 어머니와 살 수 있을 거라는 희망을 조금은 갖고 있었을지 모른다.

아버지는 시설에 있는 어머니를 문병하고, 아침저녁으로 개를 산책시키고, 나와 여동생의 집에 꽃을 심어서 돌봤다. 현역 시절의 격렬함은 자취를 감추고, 점점 호호 할아버지가 되어 갔다.

사소한 즐거움을 찾았던 아버지가 의욕을 갖고 즐길 수 있는 일은 없을까? 하는 생각을 했을 때, 정원 딸린 아파트를 찾아 이사했다. 집주인이 밭일을 했기에 밭은 그대로 두었다. 채소 키우기는 아버지가 의욕을 갖고 하는 일이 되었다. 수확한 채소를 나와 여동생, 손주에게 나눠 주고 반응을 살피는 게 재밌고 기쁜 모양이다. '도움이 되고 싶다'는 게 아버지의 희망이며 의욕이다.

일주일에 한 번 바둑 클럽에 가고, 두 번 체조하러 간다. 개를 산책시킨다. 나이에 비해 건강하지만 조금씩 쇠약해지는 게 눈에 띈다. 생활 리듬을 바꾸는 걸 고려할 시기에 접어든 것 같다.

고령의 부모가 지금 어떤 상태에 있는가, 어떤 수준에 있는가, 주의 깊게 지켜봐야 한다. 그때마다 편하게 생활할 수 있도록 아이디어를 짜 낸다. 다른 사람이 들어오는 건 싫다고 청소 도우미를 완강하게 거부하셨지만, 부탁해 보니 매우 편리해졌다고 한다.

지금까지 해 온 일을 더 이상 할 수 없게 된다. 부모도 노화와 타협을 지어야 한다. 아버지는 아무 말도 하지 않지만, 몸이 말을 듣지 않게 되는 무서움을 느끼고 있다.

간병 문제는 저마다 다르고, 놓인 상황도 일괄적으로 생각할 수 없다. 또 가족 관계도 각양각색이다.

노부모의 상태를 늘 파악하는 게 가장 중요하다. 상상력을 발휘하자. 자립하고 싶다는 생각이 있는데 아직 자립하지 못했다면, 생각을 존중하면서도 주의 깊게 지켜본다. 자녀의 성장과 변화를 지켜보듯, 부모의 변화를 놓치지 않는다. 자식으로서는 섭섭하지만, 그것도 인생의 배움이자 묘미라고 생각하자.

몸에 지장이 나타나면 일찌감치 사회복지사나 행정기관 등에 상담하는 것도 중요하다. 아직 제도가 충분히 마련되어 있지 않다고 해도, 지원을 받을 수 있는 길이 있을지 모른다. 절차에 시간과 수고가 들어 지원을 받는 데 이런저런 제약이 있겠지만, 정작 제도를 모르면 소용없다. 전문가의 도움을 받는 게 매우 중요하다.

늙을수록 돈이 많이 드는 시대에 늙는다는 것

특별 양호 노인 홈에 들어갈 수 있는 사람은 극소수이다. 간병이 딸린 아파트, 개호(介護) 홈은 매우 비싸다. 여러 가지로 조사해 보고, 무심코 나이 들 수 없다는 걸 깨달았다. 노후에 이렇게나 돈이 많이 드는 시대인가 싶어서, 나도 모르게 하늘을 올려다보고 싶어졌다. 이것도 핵가족화, 개인주의화에 따른 결과일까?

노후를 보내는 방법을 선택하는 범위는 넓어졌을지 모르지만, 실제로 선택할 수 있는 사람은 그리 많지 않다. 이 세상은 돈이 좌우한다. 그렇다고 해도, 그 외에 노부모와 간병하는 가족에게 행복한 방법은 없을까?

어떻게 나이 들 것인지 계획할 수는 있어도 어떻게 늙어가는지, 어떻게 세상을 뜰 것인지 알 수 없다. 비단 노부모에 대한 것뿐만이 아니다. 노부모를 모시는 자식도 외면할 수 없는 현실이다.

간병하기 위해서 일을 그만둔다. 정년 후에는 부모를 돌본다. 간병으로 지쳐 몸과 마음이 괴로워지는 현실이 많은데, 당연하게 생각하고 싶지 않다. 간병은 희생이라는 측면을 부정할 수는 없지만, 인생의 한 과정으로서 서로가 행복했다고 말할 수 있는 노후를 목표로 부모가 꿈꾸는 곳을 찾는다.

부모는 이렇게 저렇게 해 달라고 말하기 어렵거나 노화의 공포

때문에 응석부리려고 하지 않는다. 당사자만 이해할 수 있는 감정이다. 가족 모두에게 최선의 방법을 생각한다.

장수사회가 된 현대는, 평균 수명이 지금보다 짧은 지난 시대와는 모든 면에서 완전히 다르다. 많은 노력이 들더라도, 아무도 죄책감이나 피해의식을 갖지 않는 방법이 있을 것이다.

노부모가 건강하면 응석을 부려도 된다. 도움이 된다는 것에 부모는 오히려 힘이 날 것이다. 때로는 상담사를 자처한다. 시시한 대화도 분명히 기쁠 것이다. '소중히 아껴 준다', '자신을 의지한다'라는 감각이 늙은 부모에게 가장 큰 안심을 준다.

인생의 마지막 장을 맞아 시나리오를 쓰려고 할 때, 손길을 더해 다가가는 건 매우 소중한 경험이 될 것이다. 나는 어머니와의 마지막 나날을 함께 보내며 존경하는 시간을 느꼈다.

어느 날 메일로 왔다고 하는 포르투갈어 시를 번역해 싱어송라이터 히구치 료이치(樋口了一) 씨가 곡을 붙인 <편지~친애하는 아이들에게~(手紙~親愛なる子供たちへ~)>라는 노래가 있다. 인터넷 등지에 퍼져 수많은 사람에게 감동을 줬다. 아는 사람도 많을 것이다.

나이 들어가는 부모가 자녀에게 보낸 편지다. 부모가 두 손으로 해 줬던 일을 자녀가 두 손으로 돌려 준다. 이어진 생명을 느끼며 감상한다. 탄생이자 삶이며 세상을 뜨는 것이다. 누구나 이 연결 안에서 살고 있다. 다시 한 번 마음에 담아 두고 싶다.

친애하는 아이들에게

나이 든 내가, 지금까지의 나와 다르다고 해도

부디 있는 그대로의 나를 이해해 주렴

내가 옷에 음식을 흘려도

신발 끈 묶는 법을 잊어 버려도

네게 여러 가지를 알려 줬듯 지켜봐 주길 바란다

너와 말할 때 똑같은 얘기를 여러 번 되풀이해도

부디 막지 말고 고개를 끄덕여 줬으면 해

네가 졸라서 거듭 읽어 줬던 그림책의 따뜻한 결말은

늘 똑같아도 내 마음을 평화롭게 해 줬어

슬픈 일은 아니야,

사라져 가는 것처럼 보이는 내 마음에

격려의 눈빛을 보내 줬으면 해

즐거운 한때에 내가 무심코 속옷을 적시거나

목욕하기 싫어할 때는 떠올려 줬으면 해

너를 쫓아다니며 몇 번이고 옷을 갈아입히거나

온갖 이유를 대며 싫어하던 너와 함께

목욕했던 그리운 날을

슬픈 일은 아니야,

먼 길을 떠나기 전 준비를 하는 내게

축복의 기도를 해 줘

머지 않아 치아도 약해지고 삼키지도 못하게 될지 몰라

다리도 쇠약해져서 일어나지도 못하게 되면

네가 연약한 다리로 일어서려고 내게 도움을 청했던 것처럼

비틀거리는 나를 부디 네 손으로 잡아 줬으면 해

내 모습을 보고 슬퍼하거나

스스로가 무력하다고 생각하지 않길 바란다

너를 꼭 안아 줄 힘이 없다는 건 괴롭지만

나를 이해하고 지지해 주는 마음만은 갖고 있길 바라

그것만으로도 분명,

나는 용기가 솟아날 거야

네 인생의 시작에 내가 곁에 있어 준 것처럼

내 인생의 마지막에 조금만 곁에 있어 줘

네가 태어나 내가 받았던 수많은 기쁨과

너에 대한 변함없는 사랑을 갖고

웃는 얼굴로 대답하고 싶어

내 아이들에게, 사랑하는 아이들에게

우아하게 사는 연습
두 번째

나의 시간을 만들기 위한 6가지 방법

- '역할'에서 졸업하면, 자유로운 시간에 무엇을 하고 싶은지 자신에게 물어본다. 즐기면서 조사하거나 시도해 본다.
- '황혼 이혼'이나 '졸혼' 외에도 배우자와의 관계를 바꾸는 방법은 있다.
- 경제적인 자립을 고려해 본다. 단, 처음에는 위험을 막자.
- 가족에게 감정을 정중하게 전하는 습관을 들인다.
- 행복한 '엄마 졸업'을 위한 주제는, '신뢰'와 '기도'이다.
- 노부모의 바람이나 할 수 없게 된 일에도 주의하고, 전문가의 힘을 빌린다. 희생적으로만 행동하지 않는다.

3

'지금, 이때'를 후회 없이 살아야 한다

하고 싶었던 일을 하기에 늦은 나이란 없다

'오늘이 인생의 마지막 날이라고 한다면, 지금 하려는 일은 정말로 하고 싶은 일인가?'

스티브 잡스가 스탠퍼드대학교 졸업식 연설에서 한 말이다. 2005년, 스티브 잡스는 췌장암을 앓고 있었다. '오늘이 인생의 마지막 날이라고 한다면…' 이 말의 무게를 상상하고도 남는다.

젊어서 건강할 때는 '마지막'에 대해 생각한 적이 없다. 결혼하기 전에 죽음에 대한 두려움이 없었던 건, 용감했던 게 아니라 목숨의 무게를 실감하지 못했고 또 지킬 게 없었기 때문이다. 이 말을 비로소 실감할 수 있는 건, 어렴풋하게나마 목숨의 기한을 알았을 때일 것이다.

목숨에 한계가 있다고 느꼈을 때 이것만은 반드시 해 놓아야 하는 건 무엇일까? 지금 하고 있는 일은 정말로 하고 싶은 일일까?

스스로에게 물어보자. 뭐라고 답하는가?

'정말로 하고 싶은 일을 하기 위한 준비.'

지금 내면의 나에게서는 이런 영감이 나왔다.

정말로 하고 싶은 일이란 무엇일까? 지난 인생을 돌아봤을 때 남긴 게 있는가? 육체적으로 어려워진 건 별개로 하고, 아직 도전할 수 있는 일이 남아 있지 않은가?

'결혼하면 좋았을 텐데'라는 아쉬움이 있다면, 결혼하지는 않더라도 파트너를 찾을 수는 있다.

'계속 일했으면 좋았을 텐데', '유학 가고 싶었어'라는 의욕이 생기면, 일은 찾아 할 수 있을 것이고 지금은 여러 형태의 유학이 있으니 유학도 가능할 것이다.

나는 늘 '운동해 놓을 걸' 하고 생각하면서도 미적거리는데, 당장이라도 시작할 수 있다.

임주기의 선배이기도 한 기타하라 데루히사 씨는 오십부터 일

렉트릭 기타와 골프를 시작했다고 한다. 열심히 연습해서 지금은 라이브로 연주할 정도의 실력을 갖췄다. 무엇보다도, 기타하라 씨는 기타 칠 때 정말로 즐거워 보여서 보는 사람으로 하여금 웃음이 절로 나게 한다.

정말로 하고 싶은 일을 한다는 것의 참뜻은 여기에 있다. 성취감을 얻기보다 기쁘다, 즐겁다, 행복하다! 더 이상의 행복이 있을까?

'이젠 나이가 들어서, 돈이 없어서 할 수 있을 리가 없다.'

전부 틀에 박힌 생각이며 환상일 뿐이다. 무엇을 언제부터 시작하든 아무도 참견할 수 없다. 자신의 행동을 스스로 얽매는 건 매우 안타까운 일이다. 제동을 거는 건 부모도 남편도 자식도 아닌, 용기와 결단력 없는 자신이라는 걸 자각하자.

노래하고 싶다,
그림 그리고 싶다!

하고 싶은 일을 찾을 수 없다는 사람들은, 대부분 포기하는 게 아닐까? '지금의 나는 할 수 없다, 돈도 없다'라고 생각한다.

하지만 예를 들어 백만 엔이 있다면 여행 가고 싶다는 등 하고 싶은 일이 떠오르지 않는가? 실현시키려고 하기 전에 목록에서 제외되었다는 뜻이다. 즉, 자신에게 제동을 건다는 말이다.

오늘이 인생의 마지막 날이라고 해도 하고 싶은 일이 없는가? 새로운 뭔가를 찾지 못하면, 머릿속에 떠오른 일이나 해 본 적 없는 일을 목록으로 만들어보자.

구체적으로 눈앞에 나열해 보면, 반드시 눈에 확 들어오는 무언가가 있을 것이다. 이 정도라면 내일부터라도 당장 할 수 있다고 생각하는 일이 있을 것이다. 큰일이 아니더라도 사소한 일부터 시작해 본다. 그러면 운이 움직인다.

어머니는 육십 대 중반부터 샹송을 배우기 시작했다. 길을 걸으며 작은 목소리로 연습하고 가방에는 늘 가곡집을 넣어 다녔다.

돌아가신 후에 어머니의 서랍을 들여다봤더니 손으로 쓴 가사, 메모를 적은 악보, 시디 등이 잔뜩 들어 있었다.

얼마나 열정적으로 레슨을 한 것일까? 드레스를 입었던 발표회에서는 마치 배우 같았다. 하고 싶은 일을 하는 어머니는 반짝반짝 빛났다.

포기하지 않으면 무엇이든 할 수 있다. 시작에 늦고 빠른 건 없다. 본인이 즐겁고 충실하면 그걸로 충분하다. 인생을 빛나게 하는 데, 다른 사람의 시선은 상관없다.

하고 싶은 일이 무엇인지 알 수 없어도, 행복하게 지낼 수 있다.

하지만 하고 싶은 일에 흥분할 때, 인생은 반짝반짝 빛나서 색채를 더한다.

나라는 스토리를 어떻게 쓰고, 나라는 그림을 어떻게 그릴 것인가. 인생 후반에 들어선 우리는 질문을 받고 있다.

즐길 수 있는 일을 하겠다고 결심하기

젊을 때 고생은 사서 한다는 옛말처럼, 젊었을 때의 높은 경험치는 이후의 인생에 커다란 토대가 된다. 경험은 역경을 극복하는 힘과 지혜, 생각하는 힘을 준다.

하지만 이후의 인생에서는 고생을 일부러 사서 하지 않아도 걱정과 어려움, 위기를 여러 번 경험할 것이다. 일을 하든 안 하든, 아무 문제 없이 오십을 맞이하는 사람은 없다.

그렇다면 앞으로는 굳이 불 속의 밤을 줍지 않고 짊어질 일을 선택하지 않아도 되지 않을까? 모든 일에서 도망친다는 의미가 아니다. 노화라고 하는, 일찍이 체험한 적 없는 국면으로 들어가니 심신의 저력을 발휘해야 한다.

또 마음가짐과 매사를 받아들이는 방법으로 행복과 불행이 갈린다. 즐거운 일을 하겠다고 결심하는 건, 편하게 지내겠다는 게 아니라 진심으로 바라고 즐길 수 있는 일을 적극적으로 선택하겠다는 뜻이다.

'할 수 있는 일이 늘어나는 것보다 즐길 수 있는 일이 늘어나는 게 좋은 인생이다.'

정신과 의사 사이토 시게타(斎藤茂太)가 《좋은 말은 좋은 인생을 만든다(いい言葉は、いい人生をつくる)》에 쓴 이 말처럼, 모든 일을 즐길 수 있는 정신 구조를 지니게 되면 인생에 활기가 늘어난다.

행복에 관한 말을 조사하다가 《초역 하가쿠레》에서 찾은 말이 있다. 에도시대 중기, 야마모토 츠네토모(山本常朝)가 무사의 소양에 대해 쓴 책이다.

'인간의 일생은 정말로 짧다. 좋아하는 일을 하며 살아야 한다. 잠깐 사이일 뿐인 일생에서 좋아하지 않는 일만 하고 괴로워하며 사는 건 어리석은 일이다.'

‘좋아하는 일을 하며 살아야 한다’, 금욕적인 무사의 미학에 대한 참뜻이 엿보인다.

‘목숨의 한계’를 의식할 때 비로소 알 수 있는 것

목숨에 한계가 있다는 현실을 앞뒀을 때, 사람은 어떤 기분이 들까?

몸 상태에 문제를 느끼고 찾아간 병원에서 관상동맥 두 군데가 길쭉한 풍선을 비튼 것처럼 협착된 시티(CT) 영상을 봤을 때, ‘아, 내년은 없는 건가?’라고 생각했다. 그 후 카테터 시술을 받아 숨이 차는 일도 사라졌을 때, 사실은 내가 죽음을 매우 두려워했다는 걸 깨달았다.

인간의 시간에는 한계가 있어서 한 시간 후의 목숨은 물론 일 분 후의 목숨도 보장되지 않는다는 명백한 현실을 몰랐다.

일단 깨달으니 앞으로의 삶에 대해 생각하지 않을 수 없었다. 병은, 앞으로 어떤 일이라도 즐기며 살아야 한다는 강렬한 메시지를 던졌다.

위중한 병을 앓았던 어떤 친구는 너무나도 가혹한 치료를 받으며 '육체를 고쳐 만들고 있다'는 생각이 들었다고 말했다. 효과적이라고 생각되는 홀리스틱 요법도 시도해서, 빛으로 가득 찬 몸을 연상하여 목숨을 애지중지하며 지냈다고 한다. 얼마나 무서웠을까? 그 공포는 상상을 훨씬 초월하고도 남는다.

육체적으로 괴로운 치료를 끝냈을 때, 친구는 '앞으로는 즐거운 일만 하겠다'고 결심했다고 한다. 여행하고, 바다에서 수영하며, 자연 속에 몸을 두고, 목숨을 기쁘게 한다. 날마다 목숨이라는 존재를 느끼며 산다. 생사의 갈림길에 서 본 사람만 알 수 있는 경지일지 모른다.

가혹한 치료에서 몇 년이 지난 지금, 친구는 예전보다 체력이 더 붙어 즐겁다고 생각하는 일을 선택하며 지내고 있다. 기적을 일으킬 수 있다는 걸 몸소 보여 줬다.

친구의 사례는 '즐거운 일만 하겠다', '기분 좋은 일을 하겠다'라고 결심하면 몸이 달라진다는 걸 알려 주었다. 실제로 행동하면 가슴이 설레고 마음이 충족된다.

무슨 일이 있더라도 즐기겠다는 사고방식이 기적 같은 시간을 창조했다. 즐거운 일만 하는 건, 마음과 영혼과 육체를 기쁘게 하는 에너지가 된다.

목숨의 경계에 선 사람의 말은 마음에 와 닿는다. 알고 있어도, 우리는 주어진 시간을 고민과 시시한 일로 낭비하니까 말이다.

즐거운 일을 한다는 건, 편하게 지낸다거나 게으름을 피운다는 게 아니다. 인생에 적극적으로 관여해 정신의 지주가 되는 것이다. 스스로를 즐겁게 하는 방법을 아는 건, 삶을 기쁨과 감사로 넘치게 하는 것이기도 하다.

슬픔도 두려움도 옆구리에 끼고 살아간다

내 생일에 축하 메시지를 보내 줬던 친구가 삼 일 후에 죽었다. 그저 깜짝 놀랄 수밖에 없었다. 지병이 있었지만, 막상 지병에 관련이 없는 원인으로 죽었다고 한다. 심부전이라는 진단, 괴로워하지도 않은 채 묵었던 호텔의 최상층 방에서 혼자서 조용히 세상을 떠났다.

바로 삼 일 전에 메시지를 주고받은 사람이, 이제 이 세상에 없다. 더 이상 만날 수 없다. 온 세상 어디를 찾아봐도 없다. 죽음은 그렇게 찾아온다는 걸 알고 있어도, 마음이 아직 받아들이지 못한다. 바로 여기에 있던 사람이 갑자기 사라지는 현실이 파도처럼 다가왔다.

죽음을 두려워하는 감정이 점점 솟아난다. 이쪽 세계에서 저쪽 세계로 옮겨갈 때, 어떤 곳을 지날까? 어두운 터널일까, 빛의 터널일까? 계단을 올라갈까? 답은 알 수 없다. 아무도 경험한 적이 없기에 대답할 수 없다.

사생학의 대가 알폰스 데켄(Alfons Deeken)은 저서 《마음을 치유하는 말의 꽃다발(心を癒す言葉の花束)》에서 이렇게 말했다.

'죽음 자체보다 죽어가는 과정에서 공포를 느낀다.'

두려움과 불안은 완전히 사라지지 않지만, 올바르게 받아들이면 조절할 수 있다고 말하기도 한다. 생각하기에 따라 두려움도 불안도 미리 위험을 알리는 신호 같은 것이며, 그것이 없으면 인간은 무모한 삶을 살게 된다. 무엇을 어떤 식으로 두려워하는지 인식하는 게 중요하다고 한다.

두려움을 외면하지 않고 정면으로 인식한다. '무서워', '내가 어떻게 될지 불안해', 그렇게 인식하면 조금 편해진다. 자신의 감정에 다가간다. 자신과 일체가 된다. 두려움을 해소한다.

슬픔과 상실감, 놀라운 체험을 통해 나름대로 죽음을 생각하는 건, 언젠가 반드시 갈 길을 정비하는 것과 다름 아니다. 길을 닦는다는 표현이 이상할지 모르나, 관대한 각오는 미래를 생각하는 자세로 이어진다.

'사람은 신과 약속한 시간을 산다.'

몇 년 전부터 이렇게 생각하기로 했다. 약속한 시간이 얼마나 되는지, 우리는 자각할 수도 짐작할 수도 없다. 운명의 시계가 내일 멈출지도 모른다. 십 년, 이십 년 후일 수도 있다. 모르기 때문에 오늘 하루를 더 열심히 살아갈 수 있다.

스티브 잡스가 말했듯이, 오늘이 인생의 마지막 날일 수도 있다는 마음으로 하루하루를 보내면 한순간도 헛되이 할 수 없다. 내일의 목숨을 보장할 수 없다는 현실, 매일이 벼랑 끝, 그래서 낙담할 것인가 재미있게 생각할 것인가? 지금 이 순간을 마음속에 새겨야 한다.

죽음으로 깨닫는 현재의 소중함

십 년 전 방문한 인도에서 삶과 죽음의 신성함을 느꼈다. 인도의 성지 바라나시 갠지스 강가에선 매일 힌두교 기도 의식 푸자(Puja)를 지낸다. 순례하러 온 사람들, 음식을 구걸하는 사람들, 물건을 파는 아이들까지, 그곳에 인도의 혼돈이 있었다.

관광객임을 알면, 물건을 팔려고 에워싸며 시주를 요구하는 사람이 몰린다. 몸의 일부가 없는 사람들, 야윈 노인들이 필사적으로 손을 내민다.

힌두교에서는 갠지스 강가에서 화장해 재를 강에 뿌리면 괴로운 윤회에서 벗어난다고 생각한다. 대부분의 거지들은 화장에 필요한 장작값을 바라는 것일 뿐이라고 가이드가 설명해 줬다.

화장할 돈이 없는 사람은 재를 그대로 강에 흘려 보낸다. 동물의 사체도 흘러 온다. 사람들은 성스러운 갠지스 강에서 목욕하며 부정을 정화한다. 무시무시한 세계였다.

다음 날 아침, 장작이 쌓이고 화장의 불길이 일어나는 강가를 아무 일 없다는 듯 걸었다. 죽기 위해 필사적으로 사는 사람들, 그 절정이 화장인 것인가 생각했을 때 필사적으로 사는 것의 의미를 어렴풋이 알 듯했다.

살아 있으면, 받아들이기 어려운 슬픔을 겪을 때가 있다. 둘도 없이 소중한 사람을 잃을 때다. '시간이 슬픔을 치유한다'라고 말하곤 하는데, 시간이 지나도 슬픔은 사라지지 않고 상실감은 메워지지 않는다. 상실감은 소중한 사람이 없다는 증거이기 때문이다.

슬픔을 극복하기 위해 이야기를 만든다. '사랑하고 사랑받았으니 행복한 인생이었다', '다음 세계에서 할 큰 역할이 있어 신께 불

려갔다' 하는 식으로 이해하려고 한다. 무의식중에 우리는 이야기를 만들며 받아들이기 어려운 일을 받아들이려고 한다.

육십까지 살아오며, 도저히 떨쳐낼 수 없는 두려움과 슬픔, 상실감을 없는 셈 치거나 한탄만 하지 않았다. 옆구리에 끼고 살아왔다. 확실히 인식해 감정의 정체를 확인하고 함께 살아가는 것이다. 그곳에 열린 길이 있다고 생각했다.

오늘, 인생의 가장 끝에 서 있다. 날마다 발자국을 따라 걷는다.

순간순간을 소중히 하며 보내야 한다. 갑자기 세상을 뜬 친구는 '지금 이 순간의 소중함을 알라'는 선물을 남겼다.

다가올 날들을 위해 과거를 과감히 돌아보자

오륙십 대를 계절에 적용시키면, 여름의 끝에서 늦가을에 걸친 시기가 아닐까 싶다. 오랜 세월을 살아 왔다. 어린 시절, 학창 시절, 한창 일할 시기인 '가주기'. 회사를 위해 최선을 다한 사람, 경력을 쌓고자 도전을 거듭한 사람. 가정을 꾸리고 아이를 키운 사람, 부부만의 공간을 만든 사람.

다양한 사람으로 살아 왔는데, 만남과 헤어짐이 있고 끝과 시작이 있었을 것이다.

과거를 돌아보자.

인도 여행을 계기로 오십 세 때《모두 이어져 있다-주피터가 알려 준 것(みんなつながっている-ジュピターが教えてくれたこと)》이라는 책을 썼다. 반은 자서전 같다.

이 책 덕분에 다가올 이십 년의 전망이 보였다. 지난 인생을 일일이 들춰보고 반성해서 계속 하고 싶은 일, 끝낼 일, 그리고 다음 주제가 해결되었다.

오십에서 이십 년 후면 칠십이다. 미지의 세계다. 지난 인생이 순식간이었다고 느껴지는 것처럼, 앞으로의 이십 년도 순식간일 것이다.

우리의 시간은 한정되어 있다고 실감했다. 그리고 지금, 오십에서 십 년 가까이 지나 현실을 실감했다기보다 통감했다. 그렇다고 초조해할 건 없고 뭔가 해야 한다고 불안해하지 않아도 된다. 그저 지금 서 있는 장소를 확인하면 된다.

《트랜지션-인생의 전환기를 살리기 위해서》의 저자 윌리엄 브리지스는 자서전 쓰는 것의 의의에 대해 다음과 같이 말했다.

'지금까지 어떻게 살아 왔는지 이해해야만 앞으로 어떻게 살지 알 수 있다.'

'과거의 기억을 더듬어 가면, 잊었던 일이 생각나고 확신했던 일이 사실은 그렇지 않았다는 걸 깨달을 수 있다. 지금의 고정관념

을 떨쳐내면 새로운 미래에의 지름길을 갈 수 있다.'

억측과 고집을 떨쳐내는 것의 의의다. 떨쳐내서 홀가분해지는 건 물론, 앞으로 어떻게 살 것인지의 길로 이어진다.

《트랜지션》에서 종교역사학자 휴스턴 스미스가 '임주기'를 다음과 같이 소개하기도 했다.

'진정한 성인 교육이 시작되고, 비로소 자신이 누구이며 자신의 인생이 무엇인지 찾아내는 시기가 왔다.'

'임주기'란 사회적 활동을 떠나 인생을 주시하고자 혼자 숲속에 들어가는 시기다. 숲속에서 살라는 건 비유이고, 삶을 조용히 다시 바라보는 시기라는 뜻일 테다. 그 시기를 앞에 두고 지난 삶을 돌아보면, 오십 대부터 칠십 대 중반까지의 임주기를 알차게 보내는 방법을 알 수 있지 않을까?

과정을 더듬으면
나의 윤곽이 떠오른다

구체적으로 어떻게 돌아보면 좋을까?

태어났을 때부터 오늘까지를 연표로 작성해 보자. 유치원 입학부터 대학교 졸업 등 인생의 전환점을 적는다. 취직, 이직, 결혼, 아이가 있는 사람은 출생 등의 분기점을 기록한다. 클럽 활동이나 취미, 여행 등도 적는다.

당시 어떤 생각을 했고 어떤 고민을 했는지 기억나는 게 있으면 적는다. 행동한 일, 생각지도 못하게 겪은 일, 선택한 일, 달성한 일, 실패한 일도 모두 적는다. 나머지는 생각나는 대로 덧붙인다.

내가 주관하는 라이프 아티스트 아카데미에 '나의 역사'를 쓰는 강좌가 있다. 연표는 작성하지 않고 첫 단계 삼아, 나머지는 글로 쓰게 한다. 글을 쓰며 샘솟은 기분을 소중히 하기 바라는 것이다.

실패한 일, 괴로운 체험을 글로 쓰는 게 때때로 괴로울 것이다. 하지만 쓰고 나면 여지없이 모두 표정이 좋아진다. 내 안에서 생각을 정리하고, 떨쳐내야 할 일을 떨쳐낸 상쾌함으로 충족되는 것이다. 모두가 다음 단계를 찾아내 앞으로 나아가기 시작했다.

연표로 만들고 또 써 보면, 하고 싶었지만 하지 못한 일이나 지금이니까 할 수 있는 일을 알 수 있다. 지금이니까 말로 할 수 있을지 모른다. 집을 치우듯 마음속도 정리한다. 지금까지의 과정을 밝히면 나의 윤곽을 파악할 수 있다.

지난 나를 돌아보면, 누구나 '이런 짓을 왜 했지?'라고 생각하는 일이 수두룩할 것이다. 다시 하고 싶은 일도 있을 것이다.

하고 싶은 일과 샘솟은 희망에 제한을 두는 건 이제 그만하자. 무리라고 생각되는 일이라도 해 보는 건, 이 시기가 적절하다. 내 연표에는 '지금'과 '장래'가 가득 차 있다.

우아한 오십의 품격에 대하여

'우아'. 최근에 많이 쓰지 않는 단어다. 세련된 아름다움과 기품이 있다. 경험을 쌓아 훌륭하다. 확실히 우리 세대가 꿈꾸는 모습인데 말이다.

쓰는 일이 적어진 말은 정신과 함께 사라진다. 우아한 여성이 줄어든 것일까?

우아는 주로 나이 든 여성에게 사용한다. 세련됨은 정신성과 사는 방식으로 연마된다. 오십 대가 넘으면 명확해진다. 눈꼬리의 주름이 웃으며 살아온 증거가 될 것인가, 수척해졌다는 증거가 될 것인가?

각자의 삶에 달렸다. 미간의 주름이 말하는 건 무엇일까? 좋은 표정의 사람과 그렇지 않은 사람의 차이는, 운과 불운 또는 성공과 실패의 차이가 아니다. 내면에서 배어 나오는 품성에 있다.

사소한 표정에도 나타난다. 우연한 순간, 갑자기 무방비해졌을 때 본심과 속마음의 부분이 나타난다. 품성 문제일지 모른다.

'외모는 신이 결정한다.'
'옷은 재력이 결정한다.'
'품성은 의지가 결정한다.'

핀란드 속담이다.

이 속담을 접했을 때 '품성은 의지가 결정한다'란 '아름답지 않은 일은 하지 않는다'라는 삶에 대한 미의식이 아닐까 생각했다.

품성은 재력과 상관없다. 유복한데도 기품이 없는 사람도 많다. 품성, 품위란 '사람이나 물건에 갖춰진 바람직한 품격, 고상함, 고결함'을 말한다.

남과 비교하지 않는다, 매사 좋은 면을 본다, 남의 행복을 기뻐한다, 불평하지 않는다, 변명하지 않는다, 맹렬히 자기주장을 하지 않는다, 나의 미의식을 자각하며 산다.

나를 다스리는 것이기도 하다. 우리의 행동에는, 그때까지 어떻게 살며 마음을 연마했는지 배어 나온다. 책임은 나에게 있다. 나를 속이지 않고 정당화하지 않는 것도, 품성을 유지하는 데 매우 중요하다.

나를 좋아한다고 확신할 수 있는가?

미국의 작가이자 성공 철학을 주장한 나폴레온 힐은 품성에 대해 다음과 같이 설명했다.

'어떤 때라도 나에게 솔직해야 한다. 나를 속이기 시작하는 순간, 품성은 바닥으로 떨어지기 시작한다. 옳지 않은 나의 행동을 정당화하는 합리화 과정의 시작이다. 먼저 내가 나를 좋아한다고 생각할 수 있고 신뢰할 수 있는 품성을 갖춘 사람인지 확인하기 바란다.'

마음속 거울에 나를 비춰 본다. 나에게 솔직한가? 거짓을 정당화하지 않는가? 부끄럽지 않은 삶을 살고 있는가?

정말로 품격 높은 사람은 남에게 보이는 품성보다 내 안의 품성을 소중히 하지 않을까 싶다.

그동안 거듭해 온 세월 속에서 실패한 일, 달성한 일, 울고 웃은 일로 마음속 거울이 닦이며 더 큰 성장을 요구한다.

나의 가치관과 대조하여 부끄럽지 않은 삶을 살고 늘 나를 다스리며 미의식을 연마해 온 여성을 우아하다고 하는 것이다.

최근에 '나의 스테이지를 높인다'는 말을 종종 듣는다. 스테이지에는 무대나 연단이라는 의미와 일의 단계라는 의미가 있는데, 나는 '나의 스테이지'라는 말에 조금 위화감을 느낀다.

확실히 학력이든 일이든 단계를 높여가는 게 성장이다. 하지만 스테이지, 무대라는 말에는 남에게 보여 주는 의미가 느껴진다. 게다가 스테이지를 정하는 게 지위나 돈이라고 하면 어딘지 고압적이다. 또 누군가와 비교하게 된다.

스물한 살 때 만난 산명학의 종가 다카오 요시마사(高尾義正)는 '마음의 차원'이라는 말을 자주 했다.

'어려울 때야말로 마음의 차원을 높이세요. 마음의 차원을 높여 생각하세요.'

마음속을 의식해 단련하고 마음을 성장시켜 가는 의의가 느껴진다. 품위 있게 나이 들려면, 나와 진지하게 대치하고 고독 속에서 과정을 느껴야 한다. 자기주장이나 나 아닌 다른 누군가에게 이해시키려는 일은 필요 없다.

사람으로서 품위를 높여 가는 건, 오십이 지나면 더욱더 생각해야 할 인생의 중요한 일 중 하나가 아닐까 싶다.

'혼자'만의 시간을 소중히 여기는 자세

얼마 전 명함을 정리하다 깨달은 게 있다. 최근 몇 년 동안 명함을 교환한 사람이 꽤 많다. 명함을 건넨 수로 헤아리면 천 명은 넘을 듯하다. 분명히 소개받아서 얼굴을 마주 보고 인사했을 텐데, 명함을 봐도 언제 어떤 일로 만났는지 도통 생각나지 않는다.

얼굴과 이름이 일치하는 사람은 손에 꼽을 정도였다. 기억력 쇠퇴… 충격적이었지만, 사람과 사람이 만난다는 것에 대해 생각하게 했다.

학창 시절 친구, 회사 동료, 일로 아는 사람, 취미를 통해 만난 사람, 아이 친구 엄마들, 가족, 부부… 다양한 자리에서 알게 된 사람들이다. 나이 들어 가면서 인간관계는 넓어졌지만 오히려 소원해지는 사람도 많다.

오륙십 대에게, 앞으로의 몇 십 년은 이전까지의 몇 십 년과 완전히 다르다. 인생을 풍요롭게 하는 게 무엇일지 생각했을 때, 모든 일을 즐기고 마음이 좋아하는 일을 하며 서로 이해할 수 있는 사람들과 함께하는 걸 진심으로 바라는 게 비단 나만은 아닐 것이다. 정말로 마음 터 놓고 안심할 수 있는 관계는 그리 많지 않다.

아무리 많은 이에게 둘러싸여 있어도, 내면의 고독에서 벗어날 수 없다. 젊을 때는 고독을 인정하고 싶지 않았다. 하지만 그땐 고독이 어떤 것인지 몰랐을 뿐이다. 오륙십 대가 되면 내면의 고독을 여러 번 느낀다. 받아들이느냐의 여부와는 별개로.

젊을 때는 혼자인 게 두려워 뭐든 친구와 함께하려 했다. 지금은 에스엔에스(sns) 상에서 관계 맺기를 바란다. 스케줄 수첩을 예정으로 채워간다. 얼마나 많은 사람과 만날 수 있고 인맥을 넓힐 수 있는가에 마음을 소비한다. 외로움을 두려워하며 혼자를 패배로 느꼈을지도 모른다.

외로움과 고독은 별개다. 고독은 상태지만, 외로움은 감정이다. 혼자서 쓸쓸하니까 누군가와 함께 있고 싶다. 함께하면 일시적으로 외로움을 잊을 수 있지만, 스스로 어떻게든 뭐라도 하지 않는 한 외로움이라는 감정에서 벗어날 수 없다.

반면 고독은 자신의 목숨을 혼자 받아들여야 한다는 각오와 이어진다. 아무도 이해해 주지 않고 또 못하는 걸 끌어안고 살아갈 각오야말로 고독이 아닐까?

고독을 괴롭다고 느낄 것인가, 여유의 원천으로 삼을 것인가는 전적으로 자신에게 달려 있다. 가족이나 친구에게 둘러싸여 있어도, 내면의 고독을 소중히 하면 마음을 향상시킬 수 있다.

죽음을 의식해야 시작되는 것

죽음이 그리 멀지 않는 곳에 있다. 사십 대엔 의식하지 않아도, 오륙십 대가 되면 저절로 조금씩 느끼고 심지어 보이기까지 한다. 정확히 언제인지는 알 수 없지만 말이다.

그때가 되면 다시 한 번 나라는 존재, 나의 인생을 생각하게 된다. 다른 누구와도 닮지 않은 나를 불쌍하게 여기고 고독을 거쳐 경지에 이르는 게 인생 후반의 과정이 아닐까?

젊은 시절 여행할 때는 대체로 혼자였다. 혼자의 여행이 외롭지 않느냐는 질문을 왕왕 받았는데, 외롭다고 느낀 적은 없었다. 여행 친구는 오롯이 나뿐이었다. 나와 함께 여행했다. 무엇보다도 자유! 아무도 신경 쓰지 않고 시간을 쓸 수 있었다.

혼자 여행하며, 마음속 깊은 곳으로도 여행했다. 부담스럽고 두려운 마음에 저어되기도 했지만, 마음을 성장시켜 주기도 했다.

고독이 두려워 외로움을 달래고자 누군가와 함께 있다, 에스엔에스에서 눈을 떼지 못한다, 늘 라인(LINE) 착신음을 신경 쓴다, 나를 다른 사람에게 내 주는 꼴이다.

앞으로 우리가 직면할 인생의 파도에는, 스스로 극복해야 하는 것들이 있을 뿐이다. 마음속에 고독을, 때로는 혼자만의 시간을 음미하며 정숙함에 귀를 기울이자.

지금까지는 생활을 위해서, 가족을 위해서, 살기 위해서 일해왔을 수도 있다. 앞으로는 자신을 위해서, 영혼의 격을 높이기 위해서 살아가자. 고독을 친구 삼아 앞으로 나아갈 용기와 각오를 다져야 한다.

외로운 고립이 아니라 여유로운 고독을 즐긴다

혼자 살았던 이삼십 대, 늦은 밤 집에 돌아와 불을 켤 때면 뭐라 말할 수 없는 외로움을 느끼곤 했다. 아무도 없는 조용한 집, 혼자의 외로움보다 깊은 밤의 정숙함에 접어드는 것에 대한 사소한 두려움이기도 했을 것이다.

물론 집은 내가 안심하고 지낼 수 있는 기분 좋은 공간이 분명하지만, 한순간의 외로움을 그냥 지나칠 수는 없었다.

삼십 대 중반, 원고를 쓰고자 한 달 동안 하와이에 머문 적이 있다. 호놀룰루에서 차로 사십 분 정도 걸리는 조용한 장소, 밤에는 깊은 어둠속에 가라앉는 것처럼 에워싸인다. 압도적인 밤의 어둠과 고요함, 처음에는 혼자 있는 공포에 짓눌릴 것 같았다.

혼자만의 시간, 나에게 가장 소중한 시간이다. 혼자 내면으로 들어가 창작의 실마리를 찾을 수 있다. 또 혼자가 되면 매사를 깊이 생각할 수 있다. 혼자만의 시간은 놀이, 질문, 느낌, 마음을 내면에 정리하는 귀중한 시간이다.

일이 아니더라도, 혼자가 되는 시간은 중요하다. 임주기에 들어서면, 나를 주시하고 나의 삶을 다시 바라보며 내가 즐거워하는 일을 한다. 이전까지와 전혀 다른 일을 하는 것이다.

일도 아니고, 가족과 함께도 아니고, 직함이나 역할도 없는 나로 지낼 수 있는 시간을 만들기 위해, 먼저 오롯이 혼자일 수 있는 마음 편한 장소를 찾자.

단골 카페에 늘 앉는 자리도 좋다. 공원의 벤치나 바다, 산도 좋다. 미술관의 좋아하는 그림 앞도 좋다. 마음이 차분해지고 긴장을 풀 수 있는 곳, 영감을 잘 느낄 수 있는 장소도 좋다. 집안의 어디라도 좋다.

혼자가 되고 싶거나 기분을 전환하고 싶을 때, 나는 바다를 보러 간다. 차 안도 혼자가 될 수 있는 훌륭한 공간이다. 차로 한 시간 정도의 쇼난(湘南), 늘 가는 주차장에 차를 대고 늘 가는 곳에서 멍하니 바다를 바라본다.

억지로 뭔가를 생각하려고 하지 않고, 파도 소리와 바람 소리를 듣는다. 햇볕을 쬐며 변해 가는 하늘색 구름을 바라본다. 그저 그뿐이다.

젊었을 때부터 여러 번 찾은 쇼난의 바다는, 어느새 내 안의 특별한 장소가 되었다. 차를 운전할 수 있는 한, 앞으로도 '혼자'를 음미하러 쇼난의 바다에 갈 것이다.

십 대 때부터 다닌 그곳은, '계속 여름이면 좋을 텐데'라고 생각하곤 했던 젊은 시절의 감성을 오랜 시간이 지난 지금에도 느끼게 해 준다. 나이를 거역하거나 억지로 거스를 마음은 없지만, 그 시절의 신선함을 마음 한구석에 지니고 싶다.

원고를 쓰러 가는 카페가 있다. 좌석이 파티션으로 나뉘어 있어, 카페 안에서도 고립된 느낌을 받아 일면 안심이 된다. 차로 삼십 분 정도밖에 걸리지 않지만, 혼자만의 시간을 즐기며 일할 수 있어서 영감이 솟아나는 장소다.

혼자만의 시간을
잘 보낼 줄 안다는 것

혼자가 될 수 있는 시간과 장소를 갖는다. 일로 너무 바쁠 때나 아이를 키울 때, 매우 중요하다. 하지만 그러기가 힘든 게 지극한 현실이다. 그래도 은퇴할 때가 되거나 자녀가 자립해서 부부만 남으면, 자신만의 세계를 고려해야 한다.

꽤 오래 전, 여행지에서 멋진 부부와 만난 적이 있다. 그들은 각자 자유롭게 즐기다가, 저녁식사 때 각자 즐긴 일을 공유하며 흥미가 있으면 함께 그곳을 찾아가 본다고 했다. 여행을 떠나서도, 각자 좋아하는 일을 하고 경험을 나눈다. 함께 지내는 시간을 더욱 즐길 수 있는 것이다.

식사하며 아무런 대화가 없는 부부를 자주 보는데, 이 방법이라면 상대방의 이야기에 흥미를 갖고 대화할 수 있지 않을까 싶다. 지혜를 짜내면, 서로 혼자만의 시간을 즐기며 공유도 할 수 있다.

혼자 가는 미술관, 혼자 가는 음악회, 혼자 보는 영화, 혼자 가는 여행. 아무도 신경 쓰지 않고 내가 생각하는 대로 지내고 싶은 장소에서 나만을 위해 시간을 사용한다. 나를 풍요롭게 하기 위해 좋아하는 일을 한다.

제멋대로 행동하는 건 아닐까? 나만 좋은가? 하고 찜찜한 느낌이 드는 사람도 있을 수 있다. 그렇지만 혼자만의 시간을 알차게 보내는 건, 나에게 영양분을 주고 나의 감성을 열며 나를 바라보는 것이다.

여유로워지면, 여유를 누군가와 공유할 수 있다. 고독한 시간과 고립은 다르다.

혼자가 되는 장소를 갖는다는 건, 단순히 좋아하는 일을 한다는 뜻만은 아니다. 혼자만의 시간에 나에게 물어본 다양한 일들이 앞으로 살아가는 힘이 된다.

혼자서 행동할 때 외로움이나 고독을 느끼는 것도 중요하다. 반드시 필요하다. 고독을 확실히 내 안으로 받아들이는 시간을 갖자. 나이가 들어갈 때 큰 힘을 줄 것이다.

죽음은 언젠가 반드시 찾아온다. 궁극의 고독이 함께하는 과정이다. 마음을 평온하게 유지하는 힘은, 고독을 알아야 길러진다.

우아하게 사는 연습
세 번째

10년 후에 후회하지 않기 위한 5가지 방법

- 만학의 응용은 골프, 기타, 샹송, 댄스, 그 외 무엇이든지!
- 즐겁다고 느끼는 센서를 연마해 '죽음'을 전제로 인생을 산다.
- '나의 연표'를 정성껏 작성해 본다.
- 혼자만의 시간에서 얻은 영감을 소중히 한다.
- 영화, 식사, 차, 미술관, 콘서트, 여행 등 마음이 움직이는 혼자만의 이벤트에 도전한다.

4

인생 후반을 편안하게 살아야 한다

유머로 가꾸는 인생이라는 숲

딸이 뱃속에 있을 때 두 가지를 기도했다.

'건강하게 태어나게 해 주세요.'

'유머 센스가 있게 해 주세요.'

특히 유머 센스가 있게 해 주라고 진지하게 기도했다. 위트 있는 웃음은 기품이 있어, 주위의 분위기를 누그러뜨린다. 개그나 농담처럼 속된 말도 아니고, 남을 헐뜯어서 웃기는 것과도 분명히 구분된다.

유머의 밑바탕에는 애정이 있다. 무엇보다도 나의 우스꽝스러움을 비웃을 수 있어, 어려움에 빠졌을 때 위안을 느끼게 해 준다. 딸에게 유머 센스가 있게 해 달라고 바란 이유다.

나이 드는 방법도 여러 가지다. 나이를 먹어, 완고해지거나 원만해진다. 또는 대범해진다. 물론 젊을 때와 변함 없는 사람도 있다. 각자의 삶과 마음 상태가 반영된다. 서투른 사람도 있는가 하면, 변화에 유연한 사람도 있을 것이다.

모처럼 나이를 먹었으니 긴장을 풀고 부드러운 분위기 속에서 살고 싶다. 웃음기 있고 재미있는 에피소드가 수두룩하다. 지난날을 돌이켜 보며 많이 웃고 싶다.

유머는 주위의 분위기를 누그러뜨린다. 유머의 밑바탕에는 서로 통하는 마음과 배려가 서려 있다. 웃음으로 편안해진 분위기가 인간관계를 원만하게 한다. 유머는 애정인 것이다.

유머에도 여러 가지가 있는데, 나의 우스꽝스러움을 깨닫고 웃어넘기는 게 하나다. 나의 우스꽝스러움… 사람은 진지해질수록 이상한 일을 해 보거나 위기를 넘기고자 묘한 행동을 해 보기도 한다. 그런 나를 깨달을 수 있는가?

나를 너그럽게 웃어넘긴다. 비로소 어깨에 힘을 빼고 살 수 있다. 유머 센스가 있는 사람은 자신을 객관적으로 볼 수 있다.

그러나 남의 눈치를 보거나 상처 입는 게 두려워 잘 보이려고 하면, 나의 실패를 도저히 웃어넘길 수 없다. 깊은 고민에 빠지고 만다. 젊을 때라면 멋있게 보이고 싶다는 갑옷 뒤에 숨어도 좋다. 하지만 젊지 않은 지금은 나를 힘들게 했던 갑옷을 하나씩 벗어던지고 마음의 자유를 얻어야 한다. 진정한 어른에게, 웃음의 계기는 다름 아닌 나 자신이다.

불안하고 괴롭지만, '그럼에도 불구하고 웃자'

'유머란, 그럼에도 불구하고 웃는 것이다.'

독일의 유명한 속담이다. 한창 곤란할 때 유머를 찾을 수 있다. 살아가는 데 커다란 강점이 된다. 유머의 진수다. 위기 상황에서도 웃을 수 있다, 슬픈 일이 있어도 웃을 수 있다. 웃을 수 있는 힘이 마음을 얼마나 편하게 할까?

어머니가 성공 확률이 불과 이십 퍼센트에 불과한 수술을 받았을 때였다. 중앙수술실 입구에서 어머니를 배웅하며 가족이 모두 울었다. 더 이상 볼 수 없을지도 모른다는 생각이 머릿속을 떠나지 않았다.

대기실에 돌아오자마자 '아침 먹자'며 근처 카페에 가서는 각자 모닝세트를 주문하고 덥석덥석 먹었다. 유머와는 결이 조금 다를 수 있지만, 이것도 '그럼에도 불구하고 웃는 것, 먹는 것'이 아닐까 생각한다. 식사하며 왠지 재미있게 느껴졌다.

내게는 큰 자궁근종이 있었던 탓에, 임신할 가능성이 매우 낮다고 했다. 그러나 뜻하지 않게 임신해서, 앞으로 어떻게 임신을 유지할 것인지 검사 결과를 들으러 갔을 때의 일이다.

"험준한 알프스 산속 작은 평지에 불시착한 것과 같습니다."

의사는 근엄한 표정으로 초음파 영상을 보며 말했다.

"불행 중 다행이라는 뜻인가요?"

내 말에 남편은 웃을 뻔했다고 나중에 말했다. 내가 강한 사람이라고 느꼈다고도 한다. 웃기려고 노린 건 아니지만, 순간적으로 나온 말이 웃기곤 한다.

조치대학교 명예교수이며 사생학의 대가 알폰스 데켄은 죽음과 유머는 매우 관계가 깊다고 말했다. '우리가 인간답게 잘 살기 위해서는 유머가 반드시 필요'하며 '자신만의 사생관을 터득하기 위해서라도 유머 감각은 중요하다'고 했다.

또 '유머에는 죽음에 대한 지나친 공포와 불안을 진정시키거나 분노의 감정을 가라앉혀 인생에서 한창 고뇌할 때라도 자신을 객관적으로 보며 웃어넘길 수 있는 효과가 있다'라고 저서 《마음을 치유하는 말의 꽃다발》에서 설명했다.

'죽는 순간까지 즐겁게 살자.'

데켄의 유머 넘치는 표현이지만, 이런 식으로 말하면 '그렇지, 그렇게 하자'라고 기분이 가벼워질 테다.

'그럼에도 불구하고 웃자.'

인생 후반을 더욱 유연하게 사는 비결은, 유머에 있는 듯하다.

'좋은 여자', '좋은 아내', '좋은 엄마'가 아니면 안 되나요?

젊었을 때 품었던 억측이나 집착에서 조금씩이라도 자유로워지면 좋을 것 같다. 그럼에도 나의 마음과 행동을 스캔해 보면, 여전히 많은 것에 집착하는 것 같아 서글퍼진다. 행동도 사고 회로도, 집착으로 성립되었다고 해도 과언이 아니다.

'집착'의 사례를 일일이 들어보겠다.

먼저 '고집'에 대해 생각해 보자.

고집이 있는 건 멋지다. 고집하는 한 장, 물건 하나, 대상이 많다는 게 가치관과 높은 미의식을 나타내는 풍조가 있다. 그러나 고집을 근본적인 의미에서 보면 말의 사용법이 다른 걸 알 수 있다.

'고집하다'란 마음이 뭔가에 사로잡혀 자유롭게 생각하지 못하는 걸 뜻한다. 신경 쓰지 않아도 되는 일을 신경 쓰는 것, 아름답기는커녕 정반대다. 그야말로 집착 그 자체다.

가치관의 다양화에서 생겨난 사용법일 수 있는데, 말에는 에너지가 머물기 때문에 '고집'이라는 말을 많이 사용하여 고집하는 의식을 갖고 있으면 마음에서 자유를 빼앗기고 만다.

예를 들어, 고집이 세면 다른 사람에게도 자신의 고집을 강요하고 싶어진다. 자신이 꿈꾸는 완벽함을 추구하여 가정과 회사 가릴 것 없이 관철하려 들면 주위 사람들은 참을 수 없을 것이다.

요구하는 쪽도 요구당하는 쪽도 괴로운 게 고집이다. 부모에게 바라는 것, 남편 또는 파트너에게 바라는 것, 자녀에게 바라는 것 등 고집은 상대방을 통제하려는 의지로 바뀌곤 한다.

그러나 자신의 생각대로 다른 사람이 행동하는 경우는 보기 드물다. 고집을 부려 기어코 상대방을 통제하려고 하면 스트레스를 만들어 낼 뿐이다. 통제당하는 쪽도, 거부하거나 기대에 부응하려고 한다. 실패하면 서로에게 스트레스가 되는 건 물론이다.

인생 후반의 여유로워야 할 시간을 '고집 게임'에 허비하지는 않는지 검증해야 할 듯하다.

‘해야 한다’, ‘답게’라는
짐은 내려 놓자

고집은 ‘틀’이다. 무의식중 마음속에 틀을 만들어 가두려고 하기 쉽다. 틀이 있어야 편하기 때문이다. 틀 안에서 안심하고 역할을 연기하는 편이, 자유롭지 못해도 불안과 걱정이 적게 느껴진다.

역할만으로 움직이면 머지않아 괴로워진다. 사회에 보여 주는 ‘얼굴’이며 ‘겉치레’인 경우가 많은 탓이다.

처음에는 역할을 다 하는 보람이 있었을지 모른다. 하지만 역할이라는 의식은 원래의 나에게서 언젠가 벗어나기 마련이기에, 살기 힘들어질 수 있다. 기대에 부응하려고 하면 할수록 속마음에서 멀어진다. 역할 의식이 강하면 스트레스도 높아진다. 내면에서 괴로움이 느껴지면 자신에게 부여한 틀을 벗어 버리자.

이를테면 아내인 걸 포기하거나 엄마인 걸 포기한다는 뜻이 아니다. 일을 포기하는 것도 아니다. 자신에게 부여한 ‘~해야 한다’, ‘~답게’라는 억측을 떨쳐낸다는 뜻이다. 인생도 후반전에 들어서면, 이런 의식을 떨쳐내도 좋지 않을까? 지금까지 충분히 해 왔다.

오십 대 초반에 꿈을 꿨다. 눈앞에 언덕길이 있었다. 나는 ‘이 짐을 짊어지고 이 언덕길은 올라갈 수 없다’라고 생각했다. 그 무렵 책임감에 짓눌리며 ‘내가 반드시 해야 해’라고 계속 생각했었다.

꿈은 자신의 깊은 의식에서 현상을 알려 준다. 원래의 나는 '짐을 내려 놔'라고 말한 것이다.

'내가 반드시 해야 해'라는 의무감과 책임감은 나에게 내가 부여한 고집의 틀이었다. 꿈을 꾸고는 내가 느낀 중압감을 깨닫고 비로소 '내가 해야 해'라는 고집을 떨쳐낼 수 있었다.

'좋은 사람이어야 한다', '좋은 아내로 지내자', '좋은 엄마이고 싶다' 등도 고집이자 집착의 틀이다. 이제 슬슬 그만 두자. 좋은 아내도 좋은 엄마도 전제가 아니라 결과이다.

좋은 아내로 지내고자 하면 희생적인 기분이 들 수도 있다. 좋은 엄마이고 싶으면 자신의 가치관을 성장한 자녀에게 강요할지도 모른다.

정말로 좋은 사람, 좋은 아내, 좋은 엄마는 '좋다'는 걸 의식하지 않는다. '좋다', '좋지 않다', '나쁘다'라고 평가하는 건 자신이다. 남의 평가를 기준으로 하는 자신 말이다. 그런 고집은 떨쳐 버리자.

걱정과 불안을 떨쳐내야 하는 이유

나는 쓸데없이 걱정이 많은 성격이다. 물론 나뿐만 아니라 자신과 소중한 사람, 재해 등에 대해 전혀 걱정하지 않는 사람은 없겠지만.

이를테면 느닷없이 비가 내렸다고 하자. 가족이 비를 맞지는 않았는지, 흠뻑 젖지는 않았는지 걱정된다. 다 큰 성인이거니와, 지금은 어디에서나 비닐우산을 팔기 때문에 쓸데없는 걱정이라는 걸 알고 있지만 말이다. 그러지 않으려 해도 마음이 동요한다. 고령의 아버지가 전화를 받지 않으면 쓰러지지나 않았는지 집까지 보러 가곤 한다.

딸이 전철을 타고 초등학교에 다녔을 때는 너무 힘들었다. 학교 근처 역 개찰구에서 만나기로 약속했는데 좀처럼 오지 않은 적이 있다. 오는 도중에 무슨 일이 있었던 건 아닌가 조마조마했다. 친구와 놀다가 돌아 왔을 뿐 별일 없었던 적이 태반이다.

그런 일들뿐이다. 뒤숭숭한 사건도 있어서 주의하는 편이 더 낫겠지만, 걱정하는 것과 주의하는 것에 선을 그어 놓지 않으면 한없이 소모만 될 뿐이다.

딸이 중학교를 졸업한 후 유학 갔을 때부터 '걱정하기'를 떨쳐내는 수업을 시작했다. 해외에 있으니 무슨 일이 있어도 당장 날아갈 수는 없다. 걱정하는 건 애정이 아니다. 그렇게 나를 타이르며 육 년이 흘렀고 딸도 스물한 살이 되었다.

"생존 능력을 터득했으니까 걱정하지 않아도 돼."

딸의 말로 힘이 풀리는 느낌이 들었다. 그때부터 조금씩 걱정을 떨쳐내고 신뢰하는 경지에 다가섰다.

'걱정하는 건 애정이 아니다.'

그 누구도 부탁해서 걱정해 달라고 하지 않는다. 걱정도 불안도 내가 만들어 내는 것이다. 걱정이나 불안으로 생기는 건 면역력, 행동력 저하뿐이다.

건강이나 경제 상황 등을 걱정스럽게 생각하면 한도 끝도 없다. 걱정은 마음을 혼란하게 할 뿐, 해결에 하등 도움을 주지 않는다. 현실과 마주하며 현실적인 걱정거리를 해결해야 한다.

나는 프리랜서로 삼십오 년 동안 일해 왔고 앞으로도 혼자 힘으로 일할 것이므로 조력자 따위는 없다.

딸에 대한 걱정에서 벗어났듯, 최근에는 내 노후 생활 설계 걱정에서 조금은 벗어난 느낌이 든다. 걱정이나 불안, 스트레스로 몸을 상하게 하고 싶지 않고 현실과 느긋하게 마주하며 하나씩 처리해 나가고 싶다.

과거를 떨쳐내고, 현재를 음미하며, 미래를 준비하자

오노 요코는 저서 《지금 당신이 알아야 할 것(今あなたに知ってもらいたいこと)》에서 존 레논이 총에 맞아 죽었을 때 자신도 총에 맞을 뻔한 일을 회상했다.

그녀는 총알이 살짝 빗나간 덕분에 살았다고 한다. 가장 사랑하는 사람을 잃은 오노 요코에게 세상 사람들은 결코 친절하지 않았고, 오히려 추궁하듯 기분 나쁜 말을 하는 사람이 많았다고 한다.

아들 숀은 어렸고 오노 요코는 엄마로서 꿋꿋이 살아가야 했다. 이대로라면 자신을 망칠 것 같았던 어느 날 밤, '축복(Bless)'이라는 단어가 떠올랐다고 한다. 축복을. 그리고 머릿속에 떠오른 사람들… 자신을 비웃고 헐뜯은 사람들을 떠올리며 '잭에게 축복을(Bless you Jack)', '노르먼에게 축복을(Bless you Norman)'…, 축복이 있기를 기도했다는 것이다. 그랬더니 얼마 지나지 않아 그들에 대한 원망이 줄어들었다.

오노 요코는 '내 몸을 엉망으로 만든 건 내 안에 있는 공포와 분노'라는 걸 깨달았다. 다른 사람을 위해 기도했지만, 오히려 자신의 공포와 분노를 떨쳐낼 수 있었던 것이다.

내가 주관하는 강좌에 '감사하고 싶지 않은 사람에게 쓰는 감사 편지'라는 훈련이 있다. 주제를 제시하면 수강생들 모두가 깜짝 놀라지만, 결국 과거의 분노를 떨쳐 버리는 중요한 단계가 된다.

교통사고로 아버지를 잃은 사람은 사고를 일으킨 사람에게, 어머니한테 버림 받은 사람은 집을 나간 어머니에게 감사 편지를 썼다.

과거의 괴로운 경험 속에 있는 분노와 슬픔을 통해 얻은 것, 배운 것을 깨달았을 때 우리는 과거의 감정을 떨쳐낼 수 있다. 오노 요코가 자신을 비웃고 헐뜯은 사람들에게 보낸 축복과 똑같다.

상대방에게는 아무것도 없다. 있다고 해도 바꿀 수 없다. 나를 괴롭히는 게 정작 나에게 있다는 사실을 알면, 마음속에 응어리가 생겼을 때 나를 바라보게 되는 계기를 만들 수 있다. 어려운 일이지만, 괴로움 속에 힌트가 있다.

과거는 과거일 뿐이라는 걸 잘 알아도, 과거의 괴로웠던 감정이나 사건을 쉽게 떨쳐내기 힘들다. 잠재의식 속에서 받은 억압은 응어리처럼 남아 있다.

그러나 과거의 힘들었던 일을 생각하며 현재를 한탄하거나 생각대로 되지 않은 일의 이유로 삼는 건, 과거를 떨쳐내고 싶지 않은 집착이 만들어 낸 결과이기도 하다.

또 과거의 영광을 생각하며 현재를 한탄하는 것도 어리석은 짓이다. 1980년대부터 90년대에 걸쳐 일본의 경제는 버블기, 예산이 남아돌았기에 기획을 내 놓으면 바로 채용되어 하고 싶은 일을 할 수 있었던 시대다.

열로 의식이 흐릿해진 듯한 시대를 비판하는 의견도 있지만, 즐거워서 좋은 시절이었다.

그렇지만 '예전에는 좋았다', '젊었을 때는 예뻤다'라고 말해 봤자 과거는 과거일 뿐이다. '그때 분명히 ~하면 좋았을 텐데'라고 계속 생각해도 아무것도 바뀌지 않는다.

마음챙김으로
지금을 음미한다

과거는 과거, 지나간 걸 되찾을 수는 없고 다시 할 수도 없다.

알면서도 떨쳐내지 못하는 게 인간이다.

육체도 그 시절과 다르다. 우리 몸을 구성하는 육십 조 개, 또는 삼십 조 개라고도 하는 세포 중에서 수천억 개의 세포가 하룻밤 만에 교체되듯 마음에도 대사 작용이 필요하다.

'산다는 건 날마다 새로운 나로 죽을 때까지 산다는 뜻이다.'

나사(NASA)의 보이저 프로젝트에도 관여한 이론물리학자 사지 하루오(佐治晴夫) 박사는 저서 《우리는 오늘도 우주를 여행한다(ぼくたちは今日も宇宙を旅している)》에서 이렇게 말했다.

우리는 죽을 때까지 끊임없이 새로 태어난다. 이렇게 생각해 보면, 언제까지나 과거의 감정과 사건의 잔재를 끌어안고 있는 게 얼마나 쓸데없는지 알 수 있다.

과거는 과거, 여기에 더는 존재하지 않는다.

마찬가지로 미래는 미래다. 지금 이곳에 미래의 나는 없다. 우리는 미래를 살 수 없지만, 계획적으로 현재를 살고 미래로 연결할 수는 있다.

바라는 미래를 살기 위해 지금, 이 순간을 사는 것이다. 병으로 거동이 불편해지면 어쩌지… 하고 고민하는 게 아니라, 거동이 불편해지지 않는 생활에 유념한다.

그렇게 되었을 때 어떻게 하기를 바라는지, 뜻을 가족이나 주위 사람들에게 전해 놓는다. 더 이상 아직 일어나지 않은 미래를 염려하지 말자. 불안은 아무것도 해결하지 않는다. '지금, 여기에 있는 나'야말로 현실이다.

과거의 감정이 되살아나거나 미래를 불안하게 생각했을 때는 '지금, 여기에 있는 나'를 의식하자. 천천히 호흡하는 걸 의식한다. 숨을 쉰다는 건 살아 있는 것이다. 마음챙김으로 살아간다. 인생의 가장 끝을 살고 있는 '지금, 이 순간'이 전부다.

득이 되는 말버릇과 독이 되는 말버릇

말버릇은 살기 힘들게도 하지만 미래의 가능성을 좁히기도 한다. 말버릇 속에 있는 자신의 감정을 깨닫고 떨쳐내면 '하면 안 되는 일'이 훨씬 줄어든다.

부정적인 말버릇, 부정적으로 생각하는 버릇은 정리되지 않은 짐보다 더 빨리 처분해야 한다. 좀 더 생각해 보자.

'좋겠네.'

달라붙는 듯한 어미가 귓속에 남는다. 자신도 모르게 이런 말을 다른 사람에게 할 때가 있지 않은가?

남을 부럽게 여기는 마음은 누구에게나 있다. 나도 있다. 그럴 때는 상대방이 신경 쓰여 참을 수 없다. 그러다가 내가 싫어진다. 나의 마음을 부감해 보면, 부럽게 여기는 내가 존재한다.

'아, 이건 질투구나.'

스스로 인정할 수 있으면, 단번에 마음이 편해진다. 또 신경 쓰이기 시작하면 마음을 부감한다. '아, 이건…'이라고 깨닫고는 편해진다. 떨떠름한 마음의 원인을 알면 떨쳐낼 수 있다. 또다시 마음이 개운치 않으면, 다시금 떨쳐낸다.

예를 들면, 똑같은 '좋겠네'라는 말 한마디도 집요한 느낌으로 말하는 게 아니라 '좋다!', '멋지다!'라고 시원스레 말하면 부러움이 사라지는 느낌이 든다.

질투를 동경이나 칭찬으로 바꾸는 말의 힘을 사용하는 것이다. 말버릇에는 생각이 담겨 있으므로, '좋겠네' 같은 말과 함께 담겨 있는 생각도 떨쳐내자.

'하지만~', '그래도~' 두 단어는 상대방의 말에 반론하며, 이유나 변명을 댈 때 쓰인다. 일상적으로 사용하지만 많이 사용하면, 주위를 받아들이고 싶지 않다는 마음이 도사리게 될지 모른다.

'하지만~', '그래도~' 뒤에 긍정적인 말이 이어질까? 상대방의 말을 이어받아 책임진 내용의 이야기를 계속할 수 있을까? 늘 상대방을 부정하는 불평과 한 세트는 아닌가? 두 단어가 대화에 자주 나오는 사람은 상대방을 피곤하게 한다.

변명이나 불평도 인생 후반을 꾸미는 데 필요할까? '하지만~', '그래도~'라는 단어가 한정된 인생 속에서 어떤 의미가 있을까?

떨쳐내자. 적어도 나는 불평하는 아줌마가 되고 싶지 않고 트집 잡는 아줌마도 되고 싶지 않다.

이런 경향이 있는 사람은 자신에게 있는 불만을 검증해 보자. 시비 걸고 싶어하는 자신을 느껴 보길 바란다. 자존심이 과도할 수 있고 기분에 휘둘리는 경우도 있을 것이다. 자기중심적인 생각만 커질 수도 있다.

자신의 가치관, 억측만으로 하는 판단 중에서 세상에 통하지 않는 게 있을 수 있다.

'하지만~'이라고 말할 것 같으면, '미안하지만 ~라서'라고 어른스럽게 말하자.

'그래도~'라는 말이 입을 뚫고 나올 것 같으면, '과연 그런 일도 있군요'라고 상대방의 이야기를 한 번 받아들인 후 하고 싶은 말을 전달하자.

당연히 상대방을 불쾌하게 하는 일도 사라진다.

순수한 말이 새로운 나를 만든다

코코 샤넬의 유명한 말이 있다.

'스무 살의 얼굴은 자연이 준 것이다. 서른 살의 얼굴은 당신의 생활로 새겨진다. 쉰 살의 얼굴에는 당신의 가치가 나타난다.'

내가 매우 좋아하는 말이다.

삶이 얼굴을 만든다. 마찬가지로 삶이 말을 만든다.

말은 그 사람을 말한다. 정중하고 어휘가 풍부하게 말하는 것만 좋다고 할 순 없다. 꾸밈없는 말에도 인간성이 나타난다. 이야기의 내용뿐 아니라 선택하는 단어와 어조, 표현은 물론 어미, 톤, 행간, 단어와 단어 사이에 말할 수 없는 수많은 단어가 있다.

말은 소통에 반드시 필요한 수단이지만, 동시에 자신을 있는 그대로 표현하고 보여 주는 수단이라는 것도 잊으면 안 된다.

남에게 어떤 말을 할까? 특히 가족처럼 가까운 이에게 난폭한 말투나 거리낌 없이 매정하게 말하지는 않는지 돌이켜 보자.

가족이라서 무슨 말을 해도 상관없거나 상처 입지 않는 경우는 없다. 가족이라서 용서되는 건 아니다. 가족이기 때문에 오히려 보다 깊은 상처를 줄 수도 있다.

곧 육십 대를 맞이한다. 지금까지와는 다른 계절을 맞는다. 인생을 어떻게 마무리하고 싶은지 생각해야 할 시기다. 자신을 부감하는 계기로 말버릇, 단어를 의식하는 건 효과적이다.

'좋겠네'라는 말을 '멋있다!'라는 칭찬의 말로 바꾼다. '하지만~', '그래도~'를 하고 싶은 말을 확실히 전하는 말로 바꾼다. '고마워' 등의 순수한 말을 말버릇으로 삼는다.

코코 샤넬의 말을 빌리면,

'오십의 말에는 당신의 가치가 나타난다.'

말은 당신을 만들고 미래를 만든다. 지금부터라도 아름답지 않은 말버릇은 떨쳐 버리고 순수한 말로 바꿔보자.

신경 쓰지 않고, 상관하지 않으며, 홀가분하게 살자

남의 눈치, 남의 말, 남의 평가를 신경 쓰는 것, 체면을 신경 쓰는 것. 지금까지 우리는 이런 것에 사로잡혀 얼마나 괴로워했는가? 남의 시선으로 나를 꾸미고, 남의 평가에 일희일비하며, 다른 사람이 한 말을 신경 써서 몸부림치는 일에 인생의 시간을 얼마나 소비했는가?

하지만 '신경 쓰지 않는' 건 꽤 어려운 일이다. 그렇다면 어떤 일에 반응하고 어떤 일에 말려드는지 검증해 보자.

나를 바라보는 또 다른 나의 시점을 가져야 한다. 평소 감정의 흐름, 마음에 떠오르는 감정을 바라보자.

'왜 이런 식으로 생각할까?'

'왜 그 사람이 신경 쓰일까?'

스스로에게 이유를 물어보길 바란다. 마음속으로 '이렇지도 않고 저렇지도 않다'고 즉시 답을 내 놓으려고 하지 말고, '왜?'라고 정확히 물어보자. 문득 마음 깊은 곳에서 답이 떠오르는 걸 알아차린다. '또 다른 나'의 목소리다.

나를 들여다본다. 잘 보일 때가 있다. 시시한 허세를 부리는 나와 남을 부러워하는 내가 존재한다. 나를 인정하기 어렵다. 그런 나이고 싶지 않다.

감정은 예측할 수 없다. 솟아나는 감정으로 만난 적 없는 나를 아는 경우도 있다. '나는 기분 나쁜 사람이다'라고 마음속으로 생각하면 편해진다.

일상생활 속에서, 다른 사람과의 대화 속에서 의문이 생길 때가 있다. 이상하게 신경 쓰이거나 짜증이 난다. 나는 이럴 때 의견을 구할 셈으로 남편에게 물어본다. 답은 항상 똑같다.

'신경 안 써.'

그래도 잘 생각해 보라고 해도 '신경 안 써'를 고수한다.

'신경 쓰는 시간이 아까워. 그럴 시간 있으면 책을 읽어.'

확실히 생산적이다.

오십부터는
홀가분해지고 싶다

신경 쓰기 시작하면 궁금해져서 참을 수 없는 게 인간이다. 남편에게 투덜댈 정도라면 아직 괜찮다.

인터넷 시대에 나 같은 일을 하면, 생판 모르는 남의 생각을 쉽게 알 수 있다.

어느 날, 어떤 웹사이트에 실린 내 에세이의 리뷰를 읽고 무서워진 적이 있다. 인터넷 특유의 신랄한 말로 트집 잡은 글이었다.

이후 웹사이트에 글을 쓰기가 무서워졌다. 비판당하는 게 무섭다기보다 사소한 글을 이렇게까지 신랄하게 평가받는가에 두려움을 느낀 것이다.

그때부터 웹사이트에 글을 쓸 때마다 신경을 쓰기 시작해 '겁쟁이'가 되었다. 주위 의견에 휩쓸려 나답지 않게 써 놓아, 다시 읽어 봐도 재미를 느낄 수 없었다. 이것도 저것도 다 신경 쓴 결과다.

그러나 '신경 쓰지 않기', '시간 낭비'를 의식하면 제 모습을 찾긴 어렵지 않다. 신경 쓰이는 일이 있으면 '신경 안 써'라고 말한다. 주문처럼 말하는 것뿐이다.

'아무래도 상관없다'라는 것도 마법 같은 말이다. 내가 라인으로 딸에게 시시한 일을 전했을 때의 답신이다. 정말 대단하다고 생각했다.

'아무래도 상관없다'라고 하면, 될 대로 되라는 인상이 있는데 직접 말로 해 보길 바란다. '아무래도 상관없어'라고 조금 밉살스럽게, 전혀 쓸모없는 '아무래도 상관없는' 일을 신경 쓰고 있는 자신을 깨닫고 부정적 인상이 사라지는 느낌이 들 것이다.

아무래도 상관없는 일을 생각할 시간이 있으면 책을 한 자라도 더 읽자, 좋아하는 노래를 한 곡이라도 더 듣자, 인생의 여유로움에 좀 더 주목하자.

그렇다고 신경 쓰는 거나 아무래도 상관없는 일에 사로잡히는 게, 시간 낭비라는 것만은 아니다. 주위만 신경 쓰는 얼굴, 자신감 없는 얼굴이 되는 게 무서운 것이다. 미래의 나에게 패배의 유산을 남기지 말고 홀가분하게 살아야 한다.

음악으로 찾는 삶의 묘미

일상생활에 음악이 흐르고 있는가? 최근에 새 시디(CD)를 구입했는가? 다운로드했는가?

'어른들이 음악을 듣지 않는다', '시디가 팔리지 않는다'. 음악업계에서 인사 대신 쓰인다고 한다. 이미 그 수준을 넘었을지도 모르겠다.

옛날을 돌아보면, 십 대 때부터 줄곧 음악은 생활의 일부로 존재했다. 좋아하는 아티스트의 앨범이 나오면 반드시 듣고 친구와 정보를 교환했다. 장르에 연연하지 않고, 좋아하는 음악은 뭐든지 다 들었다.

그런데 언제부터인지 집에서 음악을 트는 횟수가 줄어들었다. 결혼했을 때부터인가? 아이가 태어났을 때부터인가? 여유가 없어진 걸까? 조용한 공간에 안정을 느끼게 된 점도 있을 것이다.

음악 듣기에서 멀어졌다고 해도, 좋아하는 곡을 편집하거나 마음에 드는 크리스마스 음악을 모아 편집하는 등 집중적으로 음악을 들을 때가 있긴 하다. 내 안에서 음악의 결핍을 느낀다.

음악에는 힘이 있다. 마음에 직결된다고 할까, 기분을 북돋아 주고 감정을 동요시키며 기억을 상기시킨다. 마음을 치유하고 긴장을 풀어 준다.

음악이 뇌에 영향을 준다는 사실이 증명된 건 비교적 최근이라고 한다. 좋아하는 음악을 들을 때 도파민이 나와 베타 엔도르핀이 분비된다. 모르핀의 여섯 배 정도 되는 진통 효과가 있어서, 많이 분비되면 러너스 하이(30분 이상 뛰었을 때 밀려오는 행복감으로, 가벼워진 몸과 맑아진 머리 덕분에 상쾌하고 경쾌한 기분이 든다) 같은 상태가 된다고 한다.

음악으로 뇌를 활성화시켜 치매 증상이 완화되고 통증도 완화되는 음악 요법이 개호 시설과 의료 현장에 도입되었다. 최근에는 디제이 오시(DJ OSSHY)가 '고령자 디스코' 활동을 시작했다. 노인 시설에서 디스코 체험을 시키는 것이다. 설 수 있는 사람은 서서, 의자에 앉은 사람은 무리하지 않고 손을 움직이게 한다.

세대에 따라 모타운이나 비틀즈를 들었던 사람도 있기에 청춘 시절을 떠올리며 몸을 움직인다. 뇌도 자극된다. 매우 좋은 대처라고 생각한다.

오십 대 초반 수술했을 때, 수술실로 가기 직전까지 헤드폰을 끼고 음량을 크게 키워 샤카 칸의 〈아임 에브리 우먼(I'm Every Woman)〉과 안드레아 보첼리의 〈칸토 델라 테라(Canto Della Terra)〉를 몇 번이고 반복해서 들었다. 나를 격려하고 기합을 넣어 수술에 임할 수 있었다. 음악의 힘에 도움을 받은 것이다.

연애에서 멀리 떨어져 있어도

젊은 아티스트들의 곡은 잘 모르겠고 친숙하지도 않다. 좋은 점을 모르겠다. 어쩔 수 없는 일이다. 물론 때때로 즐거워지는 곡을 접할 때가 있기에, 그건 그것대로 즐기면 된다.

젊었을 때 좋아했던 아티스트의 곡을 다시 들으면, 음악과 기억이 이어져 그리움과 함께 그때 느꼈던 감정이 되살아난다.

어딘가로 가 버린 연심을 가끔씩 생각해 보는 것도 멋지다. 좋아하는 사람과 만나는 날의 들뜬 마음, 어쩔 수 없는 관계로 가슴 찢어질 것 같았던 날, 만날 수 없을 때의 서글픔.

당시에는 여러 가지 감정으로 물든 내가 앞으로도 계속 존재할 거라고 생각했다. 하지만 어느 순간 먼 곳까지 걸어왔다는 걸 깨달았다. 물론 그 사이에 우리가 느낀 다양한 감정과 사건도 인생을 물들이고 많은 걸 가르쳐줬다. 추억에 잠기는 게 아니라, 음악 덕분에 그때의 반짝반짝 빛났던 마음을 에너지로 삼는 것이다.

우리가 들었던 아티스트들은 지금도 활발하게 활동을 하고 있다. 해외 아티스트의 일본 공연에 가면, 좋은 음악이란 걸 새삼 통감한다.

내가 가사를 많이 써 준 안리나 야마모토 다츠히코 씨의 라이브 콘서트는 늘 만석이다. 나이가 들어도 라이브의 현장감을 느끼고 싶다. 클래식이든 재즈든 팝이든, 그날의 기분에 따라 즐기자.

팔십 년대 사운드와 풍미를 도입한 젊은 아티스트들도 느낌이 좋다. 이것도 인생의 묘미라고 생각하는 나의 우스꽝스러움을 비웃을 수 있는 것 또한 재미있다.

아름다운 외모의 비결은 '내면'이다

작가 사토 아이코(佐藤愛子)는 저서《아이코의 여자 대학(愛子のおんな大学)》에서 다음과 같이 말했다.

'우리는 아침저녁으로 거울을 본다. 거울을 보며 나를 다 아는 셈친다. 하지만 정말로 봐야 하는 건 나의 뒷모습이다.'

나의 뒷모습은 스마트폰을 보는 얼굴과 마찬가지로 무방비다. 어떻게 하면 나의 뒷모습을 볼 수 있을까? 나를 객관적으로 보는 눈을 기르는 수밖에 없다.

나는 내가 가장 잘 안다. 하물며 충분히 어른이 된 세대라면 스스로에 대한 것쯤은 파악하고 있을 것이다. 과연 그럴까?

내가 어떻게 보이는가에 대해 외모를 포함해 신경 쓰는 사람이 많다. 외모, 태도도 포함해 말이나 소통 방법, 행동, 흥미를 끄는 점, 버릇 등에 무의식중의 내가 나타난다는 걸 아는가?

의식하지 않은 부분에 나타나는 것도 나다. 그게 바람직하면 그걸로 충분하며, 그러지 않으면 바로잡아야 한다. 깨닫지 못하는 나는 '보고 싶지 않은', '인정하고 싶지 않은' 나인 경우가 많다.

나의 뒷모습에 대해 중학생 때 아버지가 지적한 적이 있다.

확실히 그때 아버지와 의견이 맞지 않아 뾰로통했다. 아버지가 내 뒷모습을 보고, "유미의 걸음걸이에서 불만이 느껴지네"라고 말했다는 걸 나중에 어머니에게서 들었다.

이후 문득 내 뒷모습, 걸음걸이에 감정이 나타나지는 않는지 의식하게 되었다.

날마다 여러 가지 일이 있어, 감정에 휘둘릴 때도 있다. 그럴 때면 표정이나 걸음걸이를 포함해 태도를 가능한 한 바로잡으려고 신경 쓴다.

물론 사토 아이코 씨가 말하는 뒷모습은 실제 뒷모습만이 아니라, 그 사람에게서 배어 나오는 걸 상징할 테다. 자신도 모르는 사이에 나타나는 것 말이다.

아름다운 마음이 아름다운 뒷모습을 만든다

뒷모습은 나를 명백하게 드러낸다. 얼굴은 얼마든지 손질하고 화장할 수 있지만, 등은 그럴 수 없다. 등을 단련하는 훈련의 일환으로, 늘 자세를 곧게 한다. 머리 위에 갈고리가 있어 위에서 잡아당기는 것처럼, 서고 걷는다. 밖에서 걸을 때는 물론 집에서도 유지하도록 한다.

외모와 겉모습을 단정히 하고 싶으면, 방법은 얼마든지 있다. 얼굴과 마찬가지로, 등도 아름답게 가꿔야 한다. 종종 등이 터진 옷을 선택하는 것도 좋다. 등의 긴장감을 유지하려면 자세를 바로 잡아야 하니까 말이다.

얼굴도 의외로 무방비다. 좋아하는 얼굴은 스스로도 알 수 있다. 하지만 말로 하지 않아도 망설이거나 분노, 낙담, 완고함, 깊은 의심은 눈에 나타난다. 또 불만은 입가에 드러난다. 얼굴도 명백하게 증명하는 것이다.

오드리 헵번이 좋아한 미국 시인 샘 레벤슨의 〈시간이 일러주는 아름다움의 비결〉이라는 시가 있다.

'아름다운 눈을 갖고 싶다면, 사람들의 선한 점을 보라. 아름다운 입술을 갖고 싶다면, 친절하게 말하라.'

아름다운 뒷모습을 유지하려면, 아름다운 마음을 가져야 한다. 자각하지 못한 마음이 등에 나타난다. 뒷모습이 무엇을 말하려고 하는지 아는 것… 내가 무엇으로 충족되었는지 어떤 욕심에 빠졌는지 알아야 한다.

나이가 들수록 마음이 맑아지는 삶을 살기 위해서는 순수한 애정과 배려, 친절함이 욕심에 더럽혀지지 않도록 해야 한다. 사랑의 필터로 세상을 보고 사람과 접한다. 아름다운 겉모습뿐만 아니라 뒷모습이 되는 행동이다.

뒷모습을 볼 순 없지만, 옆모습은 거울이나 창문에 비쳐서 볼 수 있다. 거리를 걸으며 걷는 모습을 확인한다.

등은 곧게 펴졌는가? 씩씩하게 걷는가? 감정이나 생각하는 버릇뿐 아니라, 나이도 걷는 모습에 나타난다.

방심은 금물이다. 등을 확인하고 숨은 나를 깨달아, 뒷모습으로 사랑을 말하자!

손을 아끼는 게 곧 인생을 아끼는 것이다

삼십 대 무렵의 내 프로필 사진을 보고 어떤 사람이 말했다.

'손 나이는 숨길 수 없군요.'

깜짝 놀랐다. 나이를 숨길 수 없는 손을 가진 나에게 놀란 게 아니라, 알려 준 사람에게 놀랐지만… 문득 손을 보고 말았다.

이후 손을 바라볼 때가 많아졌다. 컴퓨터로 원고를 쓰기 때문에, 키보드를 치며 늘 손을 본다. '손 나이는 숨길 수 없다'는 말을 들은 지 이십오 년이 지났고 그때보다 손이 통통해졌다.

반지 사이즈도 커졌다. 때때로 흠칫 놀랄 정도로 주름져 보여서 나도 모르게 타자 치는 손을 멈춘다. '하아, 이런 손이 되고 말았구나' 하고 당황하며 핸드크림을 바른다.

손은 유능한 일꾼이다. 팔십이 넘어 거동이 불편해진 어머니의 손을 곧잘 문질렀다. 나이에 걸맞게 주름이 있었지만, 손톱 색과 모양도 예쁘고 손가락도 쭉 빠져 촉촉했다.

건강할 때와 다른 게 있다면, 손이 조금 차가웠다. 어머니의 손을 잡으며, 이 손으로 나를 안고 식사를 만들며 눈물을 닦기도 했었겠구나 하는 생각이 들었다.

손은 인생을 말한다. 고생이 많았어도, 미의식을 소중히 하며 살아온 어머니의 인생이 그곳에 있었다. 몸이 불편해진 후에도 정성스럽게 손을 씻고 부드럽게 닦던 모습이 생각난다.

어느 날 우연히 친구의 손을 보고 깜짝 놀란 적이 있다. 다이어트를 해서 살이 빠진 것도 있었지만, 주름이 두드러져 노인의 손 같았다. 그 무렵 친구는 가족과 문제가 있어서 마음고생을 많이 했다. 손을 보고 '고생하고 있구나' 하고 서글픈 마음이 들었다.

아기 키우는 엄마의 손을 보면, 아직 소녀 같은데 앞으로 이 손으로 아이를 키우고 가족을 뒷받침하겠구나 하고 감동을 느낀다.

딸은 가냘픈 손으로 무거운 트렁크를 들고 열다섯 살에 미국으로 떠났다. 어릴 때 늘 손을 잡고 걸었기 때문에, 딸이 안심하고 손을 놓고 갈 수 있었다고 생각한다.

손은 인생을 말한다. 여성에게는 남성과는 다른 몸의 주기가 있다. 일하고 결혼하고 출산, 육아…, 식사를 만들고 청소, 빨래를 하는 등 여성의 손은 매우 바쁘다.

자녀가 자립했을 때, 오랫동안 근무한 회사를 퇴직했을 때 드디어 자신을 중심으로 한 인생이 시작된다. 그때 손을 살펴보자. 손질했다고 해도, 건조하거나 거칠거나 주름투성이는 아닌가?

물을 만지고 칼로 손가락을 베이며 무거운 물건을 옮기고 흙을 만지거나 더위와 추위에 노출된 손, 사랑하는 사람을 꼭 안아주고 사랑하는 걸 애지중지해 온 손, 어떤 모양새라도 함께 살아온 손은 사랑스럽다.

젊을 때와 비교해도 어쩔 수 없다. 한탄해도 소용없다. 관용을 터득해야 한다. 눈에 보이는 아름다움만 아름다움이 아니라고 할 수 있는 건, 인생의 깊이를 느끼기 시작했기 때문이다.

히라하라 아야카(平原綾香)가 부른 〈주피터(Jupiter)〉 가사에 '이 두 손으로 무엇을 할 수 있을까?'라고 썼다. 지금까지의 인생을 말하며, 손이 무엇을 주었는지에 대해서도 말하고 싶었다는 걸 최근에야 깨달았다.

느긋하고 정성스럽게 손을 케어하자

손이 인생을 말한다면, 앞으로 손을 어떻게 사용해야 할까? 어떤 일을 하든 아름답고 싶다. 주름투성이가 될 테지만, 이왕이면 촉촉하고 부드러운 주름을 새기고 싶다. 그러기 위해서라도 아름다운 손을 유지해야 한다.

얼마 전, 텔레비전에서 핸드크림을 효과적으로 바르는 방법이 소개되었다. 그대로 따라했더니 촉촉하고 투명한 느낌이 나타난 것 같다.

손을 따뜻하게 한다. 따뜻한 물에 손을 담가도 되고 뜨거운 수건을 감싸도 된다. 물기를 닦아낸 즉시 화장수를 발라 스며들게 한다. 손바닥에 크림을 충분히 떠, 양손을 모아 크림을 따뜻하게 한 다음, 손등에 바른다.

세로 방향(손가락 방향)으로 바르지 말고 손등에 수직으로, 반대쪽 손으로 감싸듯 스며들게 한다. 세게 문지르지 말고, 부드럽게 살살 문지른다. 촉촉하고 투명한 느낌을 주게 하는 방법이다. 손가락도 감싸듯이 손가락과 손가락 사이, 손톱 주위에도 골고루 정성스럽게 바른다.

나는 컴퓨터로 원고를 작성하는 틈틈이 이런 식으로 크림을 바른다. 한숨 돌리는 휴식 시간이다.

핸드크림을 손에 정성껏 바르면 애정이 솟아난다. 늘 감사하는 마음도 솟아난다. 바쁜 와중에 핸드크림을 바르는 사소한 시간은, 나를 소중히 하고 사랑하는 시간이 된다.

손이 인생을 말한다면, 손을 아끼는 건 인생을 아끼는 것과 같다. 손에만 국한되지 말고, 얼굴과 몸도 아끼도록 하자.

미용이나 건강을 위해서는 물론, 몸과 마음도 하나로 만들 수 있다. 평온하게 지내기 위해 일상생활에 도입해 보기 바란다.

유쾌하게 행복하게 기분 좋게 지낸다

나이가 들었을 때 정말로 얻고 싶은 게 무엇인가? 돈은 즐기기 위해 필요한 만큼만 있으면 된다. 대비하는 것도 중요하고 나름대로의 자금 융통도 필요하겠지만….

몸은 조금씩 쇠약해지는데, 무엇을 얻을 수 있는가? 정신의 자유다. 누구에게도 구속받지 않고 어떤 일에도 얽매이지 않는, 지금이니까 자유로워질 수 있는 마음의 자유가 아닐까?

마음의 자유란 무엇인가?

어떤 일에도 얽매이지 않는다, 고집하지 않는다, 생각한 대로 행동한다, 아름다운 걸 보면 아름답다고 칭찬한다, 슬플 때는 슬

펴한다, 고독을 음미한다, 크게 웃고 가슴 설레며 영혼이 기뻐하도록 산다, 유쾌하게 지내며 불필요한 걸 접근시키지 않는다, 불필요한 것에 현혹되지 않는다.

유쾌, 좋은 말이다. '심기'는 기복의 느낌을 전하지만, '유쾌'는 늘 가슴이 두근거리고 즐기는 느낌을 전한다. 심기가 사람 안에서 완결되는 상태라고 한다면, 유쾌는 주위에 행복한 에너지를 퍼뜨린다고 할까?

마음가짐, 삶 자체가 유쾌하다. 좋은 일이 있어 유쾌한 게 아니라, 유쾌하니까 좋은 일이 일어난다. 그렇게 순환한다고 믿는다.

긴자 마루칸의 사이토 히토리(斎藤一人) 사장 애제자인 시마무라 에미코(柴村恵美子) 씨와 만났을 때, '늘 유쾌하게 합시다'라며 싱글벙글 웃으며 이야기해 줬다.

성공했기 때문에 유쾌한 걸까, 유쾌하기 때문에 성공한 걸까? 두 요소와 함께 시바무라 씨의 웃는 얼굴에 나도 모르게 웃음이 피어났다.

즐거운 일을 한다고 결심하면 날마다 좋은 일만 일어난다. 물론 그럴 리가 없다, 실패할 때도 있다. 남편의 태도에 짜증내거나 발이 걸려 넘어져서 다칠 수도 있다.

그래도 날마다 좋은 일만 일어난다고 되새기면 사소한 일도 고맙게 느껴져 물 한 잔, 커피 한 잔도 기쁘게 생각한다. 고맙다, 기쁘다고 생각하면 행복감이 생긴다. 유쾌함의 원천은 모든 일을 고맙게 여길 수 있는 정신성에 있다.

아카시야 산마(明石家さんま) 씨는 유쾌함의 대표나 다름없다.

'살아 있는 것만으로 이득.'

이 유명한 말에는 어릴 때 친어머니를 여의고 남동생을 화재로 잃었다는 산마 씨의 깊은 생각이 담겼다. 살아 있는 것, 살리는 것이 얼마나 고마운 일인가? 아카시야 산마 씨의 유쾌함, 그 원천이 되는 경지가 아닐까 싶다.

인생은
줄 때 더 행복해진다

프랑스의 철학자 알랭은 저서 《행복론》에서 유쾌함에 대해 이렇게 말했다.

'유쾌함은 참으로 씀씀이가 좋은 녀석이다, 받지 않고 오히려 남에게 준다. 우리는 다른 사람의 행복을 생각해야 한다. 우리가 자신을 사랑하는 사람들을 위해 할 수 있는 최선의 일은, 행복해지는 것이다. 하지만 사람들은 아직 깨닫지 못했다.'

유쾌함은 넓은 의미에서 행복감이다. 유쾌해야 행복을 느끼기 쉽다. 주위 사람들에게 퍼지고 저절로 끌려 기뻐진다. 유쾌함은 행복을 전파하는 마음의 상태다.

유쾌함이란 기분이 아닌 의사를 지녀, 스스로를 그런 상태로 만드는 것이다. 의사라고 하면 장벽이 높은 것 같지만, 그렇게까지 심각하게 생각하지 말고 날마다 유쾌하도록 하자. 입꼬리를 애써 올린다.

알랭은 또 이렇게 말했다.

'불운한 일과 하찮은 일에 유쾌하게 행동해야 한다.'

모든 일에 유쾌하게 대응하면, 사소한 일로 움직이지 않게 되고 고민하지 않게 된다.

무슨 일이 일어났을 때 '이번에는 그렇게 나왔다 이거지?' 하며 당황하거나 동요하지 않고 대처할 수 있다. 유쾌함의 효용은 생각 이상이다.

'고마워, 고마워.'

'기뻐, 기뻐.'

'훌륭해, 훌륭해.'

방긋방긋 웃으며 감사하고 기뻐하며 칭찬한다. 주위 사람들에게 유쾌함을 퍼뜨리는 계기를 마련한다.

많은 걸 바라지 않되 최선을 다하자

완벽하든 완벽하지 않든 크리에이터는 자신의 최대치를 표현하려고 한다. 최대나 완벽함이 어느 정도인지는 알 수 없다. 무의식중에 타협했을지도 모른다. 자신의 재능, 역량을 어딘가에서 단념했을 수도 있다. 좋은 작품을 써도 세상이 받아들이지 않으면 완벽하지 않은 게 아닌가? 나도 크리에이터 나부랭이라서 늘 고민하는 지점이다.

완벽만 추구하면 끝도 없다. 퍼즐을 끼워 맞추듯이 해야 할 일을 전부 처리하는 일이라면 '완벽'의 개념을 알기 쉬울지 모르겠으나, 그렇다 해도 해야 할 과제를 이상 없이 처리했다는 의미일 뿐

완벽이라고 불러도 되는지 의문이 남는다.

높은 이상이 있고, 달성하고자 노력한다. 일, 연애, 결혼, 취미, 외모에 있어서도 완벽하고자 한다. 훌륭한 행동이다. 목표를 세우고, 목표를 향해 매진한다. 그래야 큰 목표를 이룰 수 있다.

나는 작사가가 되기로 결심하곤 머릿속에 오로지 그 이미지만 그리며 이 년 동안 열심히 공부해 기회를 잡았다. 벌써 삼십칠 년여 전의 일인데, 나폴레온 힐이 쓴 《성공 철학》의 '성공했을 때를 상상한다'라는 문장 한 줄을 실천했다. 두꺼운 책이라서 다 읽진 못하고 이 부분만 머릿속에 넣었다.

업무에서나 개인적인 일에서나 목표로 삼을 게 있다. 목표를 이루려면, 어울리는 노력을 해야 한다. 삼십칠 년 전처럼 확고한 이미지를 가지고 목표를 향해 노력하고자 하지만, 그때처럼은 하기가 힘들다.

인생의 기로에 설 정도의 목표가 아니기 때문인 게 이유라면 이유겠다. 인생을 결정하는 '성공이냐 실패냐'라는 목표의 무게가 없는 것이다.

지금의 내 에너지가 목표를 이루고자 매진하는 방향이 아니라 나만의 페이스대로 즐기며 나아가는 방향으로 가고 있기 때문인 게 또 다른 이유이다. 젊었을 때처럼 노력과 희생을 아끼지 않는 행동은 도저히 못하겠다.

완벽을 지향하지만 그만큼의 갈등도 느끼는 나와는 달리, 철학 연구자인 남편은 다른 사람의 평가를 전혀 개의치 않고 누구를 목표로 하지도 않으며 누가 뭐라고 하든 말든 사십 년 동안 묵묵히 자신만의 연구를 계속하고 있다. 달성 목표 수치도 없고 한계도 없다. 특별히 얻고 싶은 것도 없고 그저 날마다 연구에 몰두할 뿐이다. 그렇다고 연구에 있어서 타협하는 일은 없다.

하지만 연구 외의 것에서는 뭐든지 '적당히' 하면 된다고 생각하는 모양이다. 뭘 물어봐도 '적당히 해'라고 대답한다. '신경 쓰지 않는다'는 대답도 한결같다. 패기도 의욕도 없는 것처럼 느껴졌지만, 최근에는 오히려 안심하게 되었다.

이것저것 탐내지 않고 지나치게 바라지 않는다

'적당히'란 '딱 알맞은 정도'를 말한다. 다른 누구도 아닌 나에게 '딱 알맞은 정도'라는 말이다. 어느 정도가 나에게 알맞은지 정확히 알 수는 없지만, 무리하지 않고 그렇다고 대충하지도 않는 게 '딱 알맞은 정도'가 아닐까 싶다. '적당히'는 지금의 나에게 '딱 알맞은' 말이다.

젊을 때였으면 '좀 더 할 수 있다', '힘을 더 낼 수 있다'며 숨이 벅

차도 힘차게 앞으로 나아갔을 테다. '적당히'라니 당치도 않다. 힘낼 수 있는 만큼 가더라도 만족하지 못한다.

젊을 때 에너지를 여전히 가지고 있는 동년배가 부럽기도 하지만, 나의 내면 깊은 곳에서는 바라지 않는 듯하다. 타협하지 않고, 지금의 나에게 어울리는 정도를 선택하는 편이 낫다고 느낀다.

지금의 나에게 어울리기 때문에, 지금의 내 품격을 키우면 어울리는 정도도 달라진다. 기를 쓰거나 압박을 가할 필요도 없다.

일본 배우 키키 키린(樹木希林)의 말을 모아 놓은《전부 되는 대로(一切なりゆき)》라는 책을 많은 사람들이 읽었다.

'지나치게 바라지 않는다. 욕심은 끝이 없기 때문이다.'

키키 키린 씨의 말에 깜짝 놀랐다. 자신과 상대방에 지나치게 바라지 않는다는 것이다. 이것도 저것도 탐내지 않는다. 자신의 분수를 착각하면 안 된다.

이젠 밤새워 일하지 못하겠다. 와인을 매우 좋아했지만, 그렇게까지 마시고 싶지 않게 되었다. 또 예전만큼 고기를 먹고 싶은 생각이 들지 않는다. 물론 차려 놓으면 기꺼이 먹겠지만 찾아서 먹을 정도로는 바라지 않게 된 것이다.

몸이 지금의 내 분수를 알려 주는 듯하다. 억지로는 하지 못하게 되었지만 현상 유지, 체력 보존을 위해 힘껏 단련해야 한다.

'적당히'를 아는 것. 완벽을 지향하지 않고 최선을 다하는 것.

어떤 사람에게나 터진 부분이 있고, 수선하며 성장한다. 팽팽한 실은 끊어지기 쉬운데, 조금 느슨한 실은 끊어지지 않는다.

'어깨에 힘을 빼고 즐기면서 가장 좋은 방법을 찾는다.'

가장 힘든 장거리 종목이랄 수 있는 인생을 오랫동안 달리면서도 편할 수 있는 의식이다.

우아하게 사는 연습
네 번째

편안하게 살기 위한 8가지 방법

- 고민거리가 있으면 상황을 웃어넘길 수 있는지 생각해 본다.
- '좋은 여자', '좋은 아내', '좋은 엄마'이고자 무리하지 않는다.
- 과거의 분노를 떨쳐낸다. 과거는 여기에 없기 때문이다.
- 가족이라 해도 부정적인 말을 예쁜 말로 바꿔서 사용한다.
- '신경 쓰지 않는다', '아무래도 상관없다'로 마음을 재정비한다.
- 등을 쭉 편다. 손을 아낀다. 몸과 마음에도 신경 쓴다.
- 기분 좋게 행동한다.
- 자신과 상대방에 지나치게 바라지 않는다.

에필로그

변화를 기뻐하는 오십의 우아한 태도 _

신과 약속한 시간이 얼마나 남았는지 알 수 없다. 지금까지와는 다른 경치가 펼쳐지는 시간일 테다.

사십 대 중반에 작은 글씨가 잘 안 보이기 시작했다. 금세 피로가 쌓였다. 흰머리 몇 가닥이 나타나더니, 머릿결이 탄력을 잃었다. 대사가 나빠지고 살이 잘 빠지지 않았다. 그동안 체험한 적 없는 사태에 직면했다.

한탄하기만 해서는 아무것도 달라지지 않는다. 부정적일 수 있는 변화를 '새로운 문이 열렸다'라며 받아들이고 재미있게 생각해 보니 나이 드는 게 즐거워졌다. 문이 열리면 그에 맞는 적합한 방식으로 지내면 된다. 그렇게 생각했더니 마음이 편해졌다.

거역해 봤자 몸이 나이 들어 가는 건 변하지 않는다. 시간의 흐름에 휩쓸리는 게 아니라, 자연스럽게 관리하며 현재 상태를 최대한 유지하고자 하면 된다.

나이를 거스르지 않는 방법이 오히려 긍정적인 정신으로 이어진다. 쓸데없이 초조해하거나 젊은 사람과 다투거나 남과 비교하거나 젊은 시절의 이미지에 연연해하지 않고, 지금의 나를 받아들인다. 한탄할수록 몸과 마음은 더 약해질 뿐이다.

지금, 이때를 '내 생애 가장 늙은 날'로 받아들일 것인가? '남은 생애 가장 젊은 날'로 받아들일 것인가? '한탄하느냐', '기뻐하느냐'라는 큰 차이로 해석이 갈린다.

우리는 인생에서 온갖 일을 극복해 왔다. 생각대로 되지 않은 일도 많았을 것이다. 하지만 이렇게 살아 있다. 멋지고 고마운 일이다. 용케도 여기까지 왔다고 스스로를 칭찬하자.

태어날 때나 죽을 때나, 우리는 혼자 자신의 뒤처리를 할 수 없다. 누군가가 탯줄을 잘라 주지 않거나 젖을 물려 주지 않으면, 살아갈 수 없다. 아무도 없는 거친 들판에서 혼자 쓰러져 죽으면 차라리 괜찮을 텐데 그렇게는 안 된다.

혼자 사는 집에서 쓸쓸히 죽었다고 해도, 누군가가 뒤처리를 해줘야 한다. 하고 싶은 장례식의 희망사항을 내 놓기보다, 사무적인 절차와 처리에 대해 문서로 만들어 놓고 늘 신변을 정리해 놓는다. 또 보여 주고 싶지 않은 건 처분하자.

1993년 작고한 작가 모리 요코(森 瑤子) 씨와 가깝게 지낸 사람들의 인터뷰를 바탕으로 정리한 《모리 요코의 모자(森瑤子の帽子)》를 읽었다.

서른여덟 살 때 《정사(情事)》로 데뷔하여 쉰두 살 나이로 세상을 뜨기 전까지 백 권이 넘는 소설, 에세이를 출판했다. 그녀의 화려한 라이프 스타일을 동경한 여성들도 많았다.

모리 요코 씨가 작가로 성공하기 위한 계단을 올라간 시기는 1980년대 버블기와 딱 겹친다. 그 무렵 나도 작사가로 데뷔해 바쁘게 일했다.

모리 요코 씨의 소설과 에세이를 여러 권 읽었지만, 어느 시기부턴가 읽기 괴로워지더니 결국 읽지 않게 되었다.

어디까지나 내가 받은 인상이지만, 이 책에는 살아가기 위해서, 이상적인 모리 요코이기 위해서 글을 계속 쓴 한 여성의 모습이 담겨 있었다.

무엇보다도, 스키러스성 위암으로 남은 인생이 어느 정도인지 알게 된 후 호스피스에서 임종을 맞이하기를 원한 모리 요코 씨의 슬픈 미학이 있었다.

남은 인생을 알았던 모리 요코 씨는 '문병 오는 딸들이 마음 아파하지 않도록 약 냄새가 나지 않는 병원'을 원해 호스피스에 들어간다.

재산, 내지 않은 세금, 영국인 남편의 생활까지 염려하며 회계사와 면밀하게 상담했다.

그리고 마지막 책이 되는 《최후의 미학(終りの美学)》을 출판한다. 모르핀 주사를 맞으며 의식이 없어질 때까지 연재 에세이를 구술필기시켰다고 한다.

전폭적인 신뢰를 받은 비서 혼다 미도리(本田緑) 씨에게만은 약한 모습을 있는 그대로 보여 줄 수 있었던 것, 옛 애인에게서 받은 밍크코트를 남편 브래킨 씨에게 들키지 않게 관에 넣을 것을 혼다 씨에게 일임한 것, 누구에게도 응석부리지 못한 모리 요코 씨에게 얼마나 큰 도움이 되었을까?

모리 요코 씨 사후 출판된 칠십 권에 가까운 출판물은 혼다 씨가 직접 맡아 판권을 관리했다고 한다. 그처럼 유능하고 진심으로 신뢰할 수 있는 사람이 가까이에 있었기에 아름답게 뒤처리를 할 수 있었던 게 아닐까 싶다.

죽기 전, 기독교의 세례를 받고 세 벌의 상복을 준비했으며 친구들에게 한껏 꾸미고 장례식에 참석해 달라고 부탁했다고 한다. 유품도 지정해 주었다고 한다.

마지막까지, 또 사후의 일까지 자신만의 미학을 고수했다. 모리 요코의 삶이었다.

나에게 남은 시간을 들이댔을 때 무엇을 할 수 있을까? 모리 요코 씨의 인생 마지막 '미학'처럼, 여태껏 해 온 일을 아무 일 없는 것처럼 이어갈 수 있을까?

죽은 후에 무엇을 남기고 죽으며 무엇을 가지고 가고 싶은지 생각할 것 같다. 하지만, 지금 건강하게 살아 있는 내가 생각해 봤자 탁상공론에 지나지 않을지도 모르겠다.

그럼에도 구상한 것, 생각난 것을 조금씩 적어 놓으려고 한다. 수술했을 때의 경험은 결코 가볍지 않았다. 생명의 한계를 엿봤다고 하면 과장스러울 수 있겠지만 생생한 뭔가를 실감한 건 분명하다. 너무 무서웠기 때문이다. 나중에야 깨달았다.

오십 대부터 어떻게 살아야 할까? 나에게 계속 묻는다. 답은 내 안에 있다. 저마다 사정이 있어 생각대로 살아갈 수 없을 때도 있을 것이다.

나의 본심에 계속 귀 기울여야 한다. 다른 누구의 인생도 아닌 나의 인생을 정리해 나간다.

오십 대부터의 가장 커다란 주제다.

오십 대부터 남은 인생을 우아하게 보내자는 주제에 공감해 준 다이와쇼보의 하세베 도모에(長谷部智恵) 씨에게 진심으로 고맙다는 말을 전하고 싶다. 수많은 여성, 남성 들도 살아가는 걸 기뻐하며 지내니 사회 전체가 밝아질 예감이 든다.

이 책을 읽어주신 여러분에게 진심에서 우러나는 감사 인사와 응원을 보낸다. 고맙습니다.

요시모토 유미

옮긴이의 말

인생의 후반전은 품위 있고 우아하게_

신조어 만들기 좋아하는 일본답게 늘 새로운 신조어가 등장하는데, 고령화 사회가 진행되며 2010년대 이후 확산된 신조어가 있다.

'종활(終活).'

'인생을 마무리하는 활동'을 줄인 말이다. 급속도로 초고령화 사회가 된 일본의 인구 연령대 구조가 달라지며, 사람들이 종활에 관심을 갖기 시작했다. 이제는 종활 개념이 보편화가 된 실정이며, 관련된 비즈니스도 활발하게 이루어지고 있다고 한다.

사람들은 왜 종활에 주목하는 것일까?

답은 간단하다. 인생을 멋지고 아름답게 마무리하고 싶으니까. 언제 닥칠지 모르는 죽음을 두려워하기보다 기분 좋게 준비해서, 남은 인생을 의미 있게 보내고 싶다는 마음이 반영된 거라고 생각할 수 있다. 최근에는 종활을 비롯해 웰 다잉, 엔딩 노트 등 죽음에 대한 인식이 점점 변화하고 있음을 엿볼 수 있다.

내 경우에는, 죽음이라고 하면 아직 남의 이야기처럼 들린다. 가까운 사람들이 건강하게 살아 있기 때문일까? 운이 좋은 건지 장례식에 참여한 적도 별로 없다. 그래도 막연히 죽음, 인생의 끝을 생각해 보면 왠지 쓸쓸해져서 피하고 싶은 마음이 든다. 이런 기분을 느끼는 게 아마 나뿐만은 아닐 것이다.

신체 노화나 세대 차이를 느낄 때 '늙어서 그래', '나이 들었어'라며 젊었을 때를 그리워하며 한탄하는 사람들을 많이 볼 수 있다. 나도 그렇다. 날이 갈수록 쉽게 피로해지는 것 같아서, 입에 달고 사는 말이 있다.

'늙었네, 늙었어.'

요즘은 십 대에서 이십 대로 넘어가기만 해도 노인네, 꼰대처럼 행동한다는 소리를 해대는 세상이지 않은가?

대부분의 사람들은 죽음, 노화에서 부정적인 인상을 받으며, 두려움의 대상으로 받아들인다. 하지만 이 책의 저자는 그럴수록 생각의 전환이 필요하다고 한다. 늙었다고 한탄하지 말고, 남은 인생에서 지금이 가장 젊다고 생각하라고 말이다.

오십을 전환점의 기준으로 삼았다. 지난 인생이 전반전이었다면 오십 이후의 인생은 후반전으로 보고, 품위 있고 우아하게 살아가는 방법을 제시한다.

오십을 전환점으로 삼은 이유는 무엇일까? 오십이라고 하면 반백 살, 꺾이는 나이 등으로 표현하는 걸 흔히 들을 수 있다. 본격적인 노화가 두드러지고 은퇴 시기가 다가오며 자녀가 결혼해서 집을 떠나기도 해서 가족 구조에 변화가 생기기도 할 것이다. 이런 큰 변화가 생기는 시기이므로, 새로운 인생이 시작된다고 해도 무방하다. 생각의 전환이 매우 중요한 시기라고 할 수 있겠다.

'오십부터는 우아하게 살아야 한다.'

'우아하다'를 사전에서 찾아 봤다. '고상하고 기품이 있으며 아름답다'라는 뜻이다. 멋지다, 세련되다, 품위 있다 등이 비슷한 말에 속한다.

저자는 남을 우선시하는 생활보다 자신을 아끼고 자신이 정말로 하고 싶은 일을 하며 살아가도록 노력해야 멋진 인생을 즐길 수 있다고 한다. 사소한 생활 방식, 습관, 생각, 행동 등 삶의 전반적인 부분에 대한 생각의 전환을 제시하는 저자의 말에 공감하는 사람이 많을 것이다. 평소에 이런 부분도 신경 써 보면 좋겠다 싶은 부분이 많다. 매우 현실적인 조언도 눈에 띈다.

개인적으로 자세와 손에 신경 쓰라는 부분 등 일상생활과 관련된 내용들이 크게 와 닿았다. 평소에 잘 신경 쓰지 않는 부분을 세심하게 지적하는 조언들이 매우 현실적이며 도움이 된다. 젊을 때부터 신경 쓰는 편이 좋을 듯하다. 굳이 오십이 아니더라도 인생의 끝을 미리미리 준비하는 것도 좋지 않을까?

저자 요시모토 유미는 일본에서 유명한 작사가, 수필가로 활동하고 있는 육십 대 여성이다. 직접 경험하거나 실천하는 일, 또는 친한 지인들의 사례 등을 바탕으로 독자들에게 현실적인 조언을 하고, 남녀 상관없이 실생활에서 쉽게 따라해 볼 수 있는 방법들을 제시했다. 읽는 재미와 활용도가 높은 책이다.

'종활'이라는 말에 거부감이 들 수도 있겠지만, 다른 누구도 아닌 나에게 닥칠 일이라고 생각하며 받아들여 보자. 끝을 준비하는 시간이 즐겁게 느껴질 수도 있지 않을까 싶다. 이제부터는 나만의 진정한 삶을 살아가는 시간으로 생각하며, 나답게 살아보자.

'벌써 오십이야!'라고 생각하는 사람.
'아직 오십이야!'라고 생각하는 사람.

어감에서부터 차이가 느껴진다. '벌써'와 '아직'의 차이는 어마어마하다. 저자의 말대로 지금이 인생에서 가장 젊은 날이라고 생각하며 생활하면 행복하지 않을까?

우리나라도 일본 못지않게 고령화 사회로 접어들어 고독사, 안락사, 연명 치료 등 죽음과 관련된 이슈에 관심 갖는 사람들이 많아졌다. 백 세 시대인 만큼, 인생을 멋지게 마무리할 준비를 해 보면 어떨까?

지나간 젊은 시절, 과거의 영광에만 집착하는 전형적인 꼰대가 되지 말자. 이 책을 통해 우아한 삶을 즐길 수 있는 팁을 얻어 보길 바란다.

죽음에는 순서가 없으니, 오십이 아니더라도 젊은 시절부터 인생의 후반전을 준비해 보는 건 어떨까.

김한나

주요 인용 문헌

- 《라 로슈푸코 잠언집(ラ·ロシュフコー箴言集)》, 라 로슈푸코 저, 이와나미문고
- 《바다의 선물》, 앤 모로 린드버그 저, 신초문고
- 《코코 샤넬의 말(ココ·シャネルの言葉)》, 야마구치 미치코(山口路子) 저, 다이와문고
- 《마담 시크 Paris Snap(マダムシック Paris Snap)》, 슈후노토모샤 편, 슈후노토모샤
- 《회색 머리의 선택(グレイヘアという選択)》, 슈후노토모샤 편, 슈후노토모샤
- 《구사부에 미츠코의 클로젯(草笛光子のクローゼット)》, 구사부에 미츠코 저, 주부와생활사
- 《어드밴스드 스타일: 뉴욕에서 찾은 상급자의 멋진 스냅사진(Advanced Style ニューヨークで見つけた上級者のおしゃれスナップ)》, 아리 세스 코헨 저, 다이와쇼보
- 《플레이보이》 인터뷰(1985년 2월 1일), 슈에이샤
- 《삶의 보람에 대하여》, 가미야 미에코 저, 미스즈쇼보
- 《임주기(林住期)》, 이츠키 히로유키 저, 겐토샤문고
- Evolution 순식간에 인생을 바꾸는 영혼의 명언.com
- 《마음에 꽂힌다! 운명의 말 위인들의 명언집 해외 위인편(心に刺さる! 運命の言葉 偉人たちの名言集 海外の偉人編)》, 하마모토 데츠지 저, 고마북스
- 《자기애와 에고이즘(自己愛とエゴイズム)》, 하비에르 가랄다 저, 고단샤현대신서
- 《아사히신문》 지면 상담, 노가미 야에코
- 《편지 ~친애하는 아이들에게~(手紙~親愛なる子供たちへ~)》, 히구치 료이치 저, 가도카와그룹 퍼블리싱
- 《인생을 바꾸는 스티브 잡스 스피치(人生を還るスティーブ·ジョブズ スピーチ)》, 국제문화연구실 편, 고마북스
- 《좋은 말은 좋은 인생을 만든다(いい言葉は、いい人生をつくる)》, 사이토 시게타 저, 세이비도출판
- 《초역 하가쿠레》, 야마모토 츠네토모 구술, 와타나베 마코토 편역, PHP연구소
- 《마음을 치유하는 말의 꽃다발(心を癒す言葉の花束)》, 알폰스 데켄 저, 슈에이샤신서
- 《모두 이어져 있다-주피터가 알려 준 것(みんなつながっている-ジュピターが教えてくれたこと)》, 요시모토 유미 저, 쇼가쿠칸
- 《트랜지션-인생의 전환기를 살리기 위해서》, 윌리엄 브리지스 저, 판롤링
- 《나폴레온 힐의 성공을 위한 365일 명상》에서
- 《지금 당신이 알아야 할 것(今あなたに知ってもらいたいこと)》, 오노 요코 저, 겐토샤
- 《우리는 오늘도 우주를 여행한다(ぼくたちは今日も宇宙を旅している)》, 사지 하루오 저, PHP연구소
- 《아이코의 여자 대학(愛子のおんな大学)》, 사토 아이코 저, 고단샤문고
- 《오드리 헵번 이야기 하(オードリ·ヘップバーン物語 下)》, 배리 파리스 저, 슈에이샤문고
- 《행복론》, 알랭, 이와나미문고
- 《전부 되는 대로(一切なりゆき)》, 키키 키린 저, 분게이슌주

말투, 태도, 마음에서 드러나는 진정한 아름다움

오십부터는 우아하게 살아야 한다

1판 1쇄 2020년 3월 26일
1판 12쇄 2022년 10월 17일

지은이 요시모토 유미
옮긴이 김한나
펴낸이 유경민 노종한
기획편집 유노북스 이현정 류다경 함초원 **유노라이프** 박지혜 장보연 **유노책주** 김세민
기획마케팅 1팀 우현권 **2팀** 정세림 유현재 정지안
디자인 남다희 홍진기
기획관리 차은영
펴낸곳 유노콘텐츠그룹 주식회사
법인등록번호 110111-8138128
주소 서울시 마포구 월드컵로20길 5, 4층
전화 02-323-7763 **팩스** 02-323-7764 **이메일** info@uknowbooks.com

ISBN 979-11-969907-1-8 (03830)